서푼짜리 오페라
Die Dreigroschenoper

베르톨트 브레히트 지음 | 김화임 옮김

차례

서푼짜리 오페라

이 책을 읽는 독자에게

《서푼짜리 오페라》는 제목 그 자체에서 이미 암시되고 있듯
우리가 일반적으로 생각하는 오페라와는 상당한 거리가 있다.
오페라라는 장르는 본래 종교극에 그 기원을 두고 있고, 이탈
리아에서 탄생하여 유럽 각국에 퍼져나갔다. 최초의 오페라로
는 1598년 이탈리아 플로렌스에서 공연된 《다프네》를 꼽는다.
오페라는 음악 그 전부를 총 망라할 뿐만 아니라 문학적인 요
소인 대본, 연극적인 요소인 연기, 더 나아가 미술, 무용 등으
로 이루어진 총체 예술에 속한다. 전통적인 오페라에서는 등
장인물이 노래를 통해 사건을 진행시킨다. 오페라 반주는 극
적 효과를 내는 데 중요한 역할을 담당한다. 인물의 배역에 따
라 독창, 2중창, 3중창, 4중창을 비롯하여 합창도 등장한다.
독창자는 보통 아리아, 레시터티브, 카바티나 혹은 로망스나
세레나데를 부른다. 이러한 독특한 양식 때문에 18세기까지

오페라는 귀족들의 소유물이었다. 물론 시민혁명과 함께 부르주아들도 오페라를 즐기기 시작하였으나 일반 대중들에게는 쉽게 접근되지 않은 고급예술의 영역을 구축하고 있었다.

오페라보다 좀 더 가벼운 오페레타는 오페라코미크가 유행하였던 프랑스에서 시작되었다. 보통 일상 대화체로 펼쳐지며 감상적이며 낭만적인 줄거리가 특징적이다. 음악은 속도나 섬세함의 측면에서 뮤지컬 코미디와 흡사하다. 음악과 춤, 코러스 걸들이 주요 눈요깃감으로 등장하였던 뮤지컬이 19세기 미국에서 발전하고 있을 무렵 유럽에서는 오페레타가 만개하였다.

브레히트의 이 작품은 오페라라는 이름을 빌고 있지만 실제로는 귀족 취향의 오페라를 비판하고 있고, 보다 대중적인 오페레타에 가깝다고 해야 할 것이다. 사건 진행도 노래로 이루어지기보다는 연극적인 연기에 기반을 두고 있다. 노래는 극적 사건 진행과 직접적인 연관성이 있는 것도 있고, 그렇지 않은 것도 있다. 브레히트에게 노래는 우선적으로 서사적 기법에 이용되고 있기 때문이다. 다시 말해 극적 사건을 중단시키고, 그 사건에 관객의 비판과 성찰이 요구될 때 노래가 개입한다. 이러한 측면이 일반적인 오페레타나 뮤지컬로 보기도 어렵게 한다.

《서푼짜리 오페라》는 브레히트의 다른 작품들과 마찬가지로 관객의 현실 비판 의식을 고양하는 데 우선적인 목표를 두고 있다. 감정이입을 목표로 하였던 극작가들과는 달리 관객으로 하여금 냉철한 '이성'을 요구하는 서사극을 발전시킨 것도 그 때문이다. 그러면 이 작품에서 브레히트는 어떤 현실을 폭로하고, 관객으로 하여금 어떤 비판적 의식을 갖게 하려는 것일까?

이 작품에서 브레히트는 자본주의적 사회 질서와 인간관계를 폭로하는 데 역점을 두고 있다. 피첨과 매키스는 그 자체로 볼 때 자본가라고 하기 어렵지만 고용인을 두고 있으며, 자본가의 특징을 구현하고 있다. 피첨은 거지들을 고용하여 그들로부터 일정 정도의 수입을 분배받으며, 매키스 역시 도적들을 고용하여 함께 약탈 행위를 한다. 자본가와 임금노동자의 관계가 걸인조직과 도적패들을 통해 보다 희화화되고, 노골적인 방식으로 표현되고 있다. 더구나 도적의 우두머리 매키스가 도시의 치안 담당자와 친구 관계이며, 서로 의존 관계에 있다는 사실을 통해 자본주의 체제의 부도덕성을 거침없이 밝혀낸다. 이와 같은 사회에서 인간관계는 더 이상 인간적인 관계가 되지 못한다. 돈에 의해 매수되기 십상이고, 서로서로를 불신하고, 고발하는 사회이다. 돈에 매수된 창녀 제니는 애인이었던 매키스를 고발하는 데 어떠한 주저도 하지 않는다. 가족, 결혼, 우정, 애정도 모두 허울에 지나지 않는 것이다. 사업가 피첨에게는 딸 역시 사업 밑천에 불과하다.

이러한 방식으로 브레히트는 자본주의의 체제와 그 기제를 날카롭게 폭로함으로써 오늘날까지도 박수갈채를 받기에 충분한 명작을 남겼다. 하지만 '인간'이 체제에 종속된 것으로 그려져 있고, 모든 것이 '상황'의 문제로 돌려진다는 점이 문제점으로 지적되어야 할 것이다.

옮긴이

공동 작업자 : 엘리자베스 하우프트만, 쿠르트 봐일.

《서푼짜리 오페라》는 서사극에 대한 한 실험이다.

🐍 등장인물

조나단 제레미아 피첨	걸인 조직의 우두머리
피첨 부인	
폴리	피첨 부부의 딸
매키스(맥)	노상강도 조직의 우두머리
브라운	런던 경찰서장
루시	브라운의 딸
수양버들 월터	
주화 매시어스	
갈고리 손가락 제이콥	

톱날 로버트

지미, 이디

필치　　　　피첨의 조직에 소속된 걸인 중 한 명

스미스　　　경관

창녀들　　　(제니, 돌리, 비센, 베티, 몰리, 늙은 창녀)

거지들

경관

민중

한 명의 장타령 가수

서막

〈매키 매서의 장타령〉

소호의 대목장

걸인들은 구걸을 하고, 도둑들은 도둑질을 하고, 창녀들은 매춘 행위를 한다. 장타령 가수가 장타령 한 곡조를 뽑는다.

상어, 상어는 이를 가졌고
그 이를 얼굴에 드러내네.
매키스도 칼을 갖고 있는데
사람들은 그 칼을 보지 못하네.

피를 쏟으면 붉어지는 것은

상어의 지느러미들
매키 매서는 장갑을 끼고 있어
그 누구도 그의 악행을 눈치 채지 못하네.

템스 강 푸른 물가에
돌연 사람들이 죽어 넘어지네.
페스트도, 콜레라 때문도 아닌데
매키가 돌아다니고 있다는 소문이 도네요.

맑게 갠 일요일
죽은 한 남자가 강가에 누워 있다네.
한 사람이 귀퉁이를 돌아가고 있군요.
그를 매키 매서라고 한답니다.

유태인 마이어가 사라졌어요.
부유한 남자 몇몇도.
매키 매서가 그 돈을 수중에 넣었는데
증거를 댈 수가 없다는군요.

　　왼쪽에서 오른쪽으로 피첨이 부인, 딸과 함께 무대 위를 산보
하며 지나간다.

제니 타울러가 발견되었네.
가슴에 칼이 꽂힌 채로
부두엔 매키 매서가 지나가네.
아무 일도 모른다는 듯

운수업자, 알퐁스 글라이트는 어디에 있죠?
그 사실이 만천하에 드러날까?
누군가 그것을 안다 해도
매키 매서는 모른다 하죠.

소호에 큰 불이 났어요.
일곱 명의 아이들과 한 노인
매키 매서가 군중 속에 있지만 사람들은
그에게 아무것도 묻지 않고, 그도 아무것도 모른다
는군요.

누구나 이름을 아는
아직 미성년인 과부
잠에서 깨어나니, 능욕을 당해 있네.
매키, 너의 상금은 얼마나 될까?

창녀들 사이에 큰 웃음이 터져 나온다. 그녀들 가운데서 한 사람이 빠져나와 무대 전체를 거쳐 급하게 사라진다.

선술집 제니   매키 매서였어요!

1막

1장

걸인 옷 의상실.

상인 피첨은 갈수록 심해져 가는 사람들의 냉담함에 대처할 목적으로 가게 하나를 열었다. 이 가게에서 궁핍한 자들 중에서도 가장 궁핍한 자들이 점점 더 완고해져 가는 사람들의 마음에 호소할 외관을 빌려 쓴다.

조나단 제레미아 피첨의 걸인 의상실

⟨피첨의 아침 찬송가⟩

깨어나라, 부패한 그리스도 신자여!
죄 많은 삶을 시작해야지

어떤 악당인지를 보여줘야지
주님의 응징이 뒤따르리.

자네 형제를 팔아 넘겨야지, 이 악당 놈아!
자네 처를 헐값에 넘겨야지, 이 비겁한 놈아!
오, 주님이 두렵지 않은가?
최후의 심판의 날 주님은 자네에게 본보기를 보이
리!

피첨 (관객에게) 뭔가 새로운 것이 있어야겠어요. 제 사업
은 너무 어렵습니다. 인간적 동정심을 불러일으켜
야 하는 일이기 때문이지요. 사람들을 감동시킬 수
있는 일은 얼마 되지 않습니다. 극히 드물지요. 그
것도 몇 번 사용하고 나면 더 이상 효력을 발휘하지
못하니 고약스럽군요. 인간은 임의대로 무감각해
져 버리는 놀라운 능력을 갖고 있기 때문이죠. 예를
들어 볼까요. 한 남자가 팔이 잘린 다른 한 남자를
길모퉁이에서 본다고 칩시다. 놀란 나머지 처음에
는 10페니를 그 남자에게 기꺼이 줍니다만, 두번째
는 5페니보다 조금 더 주는 데 그치고, 세번째 그를
볼 경우 냉정하게 경찰에게 넘기고 맙니다. 정신적

보조수단도 마찬가지지요. ("주는 것이 받는 것보다 더 복되도다"라고 쓰인 커다란 판때기가 천장에서 아래로 내려온 다.) 아주 매혹적인 판때기에 대단히 멋지고, 절박한 문구를 그려놓아도 그토록 빨리 쓸모없게 되면 대 체 유용한 게 뭘까요. 성경에는 마음을 사로잡는 네 다섯 개의 구절이 있긴 합니다. 그것도 소용없게 되 면 하릴없이 배를 주려야 하지요. 예를 들어 여기에 걸려 있는 "베풀어라, 그러면 너에게 돌아올 것이 다"도 겨우 3주 지난 후엔 쓸모없게 되었지요. 이래 서 계속 새로운 것이 제공되어야만 한답니다. 또 다 시 성경을 이용할 수밖에 없는데, 앞으로 얼마나 더 소용될런지요?

노크 소리가 난다. 피첨이 문을 열고, 필치라고 불리는 한 젊 은 남자가 안으로 들어온다.

필치   피첨 회사 맞습니까?

피첨   내가 피첨이오만.

필치   당신이 "걸인의 친구"라는 회사의 주인장이신가 요? 사람들이 보내서 왔습니다. 와, 문구들 좀 봐! 이게 밑천이군요! 이런 것들로 가득 차 있는 장서라

도 가지고 계신가요? 아주 다르군요. 우리 같은 것
들이야 어떻게 이런 생각을 하겠어요. 교육을 못 받
았으니. 어떻게 사업을 번창시킬 수 있겠어요?

피첨 이름이 뭔가?

필치 피첨 선생님. 저는 어렸을 때부터 불행을 안고 살
았습니다. 제 어머니는 주정뱅이였고, 제 아버지는
노름꾼이었답니다. 어머니의 자애로운 손길을 받
지 못하고 어려서부터 제 자신에게 의탁한 채 계속
대도시의 깊은 늪 속으로만 빠져들어 갔습니다. 아
버지의 배려나 안온한 가정의 행복 같은 건 전 알지
못합니다. 저를 그렇게 보시면······

피첨 내가 자네를 그렇게 본다······.

필치 (당황하여) 가진 것 없는 욕망의 노획물에 지나지 않
습니다.

피첨 높은 파고의 난파선마냥, 어쩌고저쩌고. 그래, 난
파선, 이런 유치한 시를 어떤 구역에서 마구 지껄이
고 있었던가?

필치 무슨 말씀이세요, 피첨 선생님?

피첨 공개적으로 그 강연을 하고 있을 테지?

필치 그렇습니다만, 피첨 선생님. 어제 하이랜드 가에서
소소하게 불미스런 우발사건이 있었습니다. 저는

가만 서서 불행한 모습을 하고 구석에 서 있었지요. 손에 모자를 들고, 불길한 일은 예감하지 못한 채로…….

피첨　(메모지를 넘긴다.) 하이랜드 가. 그래, 그래, 맞아. 어제 호니와 샘이 붙잡은 그 개자식이 너로구나. 10구역에서 통행인들을 괴롭힌 뻔뻔한 놈이라지. 세상을 잘 모르는 놈이라고 가정했기에 몰매로 그친 줄 알게. 다시 한번 눈에 띄면 톱이 사용된다는 사실, 알고 있겠지?

필치　용서하십시오, 피첨 선생님. 제발. 어떻게 해야 하는 거죠, 피첨 선생님? 그 신사 분들께서 저를 진탕 때린 후에 당신의 회사 명함을 건네주더군요. 제가 윗옷을 벗으면, 두들겨 놓은 대구 한 마리가 눈앞에 있다는 생각이 드실 것입니다.

피첨　이보게 친구, 넙치처럼 되지 않았다면 내 직원들이 태만한 탓이네. 이 풋내기 보게. 손에 물도 안 적시고 앞발만 내밀어 스테이크를 가져가겠다고 하는 식이군. 누군가 자네 연못에서 가장 좋은 송어를 낚아 가겠다고 하면 어떻게 하겠나?

필치　피첨 선생님…… 저는 연못이 없는 걸요.

피첨　면허는 전문가들에게만 내준 다네. (장사꾼답게 시 지도를 가리킨다.) 런던은 열네 구역으로 나뉘어 있지. 이 중 한 구역에서 걸인 영업을 할 생각이 있는 사람은 조나단 제레미아 피첨 회사의 면허가 필요하다네. 그야, 누구나 올 수는 있지 ─ 욕망의 노획자라도 말일세.

필치 피첨 선생님, 완전히 파멸되기 직전입니다. 뭔가 시작해야겠습니다. 달랑 2실링을 가지고서야⋯⋯

피첨 20실링이 드네.

필치 피첨 선생님! (애걸하며 한 현수막을 가리킨다. 거기에는 "너희의 귀를 궁핍한 자에게 열어 두어라"라고 쓰여 있다.)

피첨 (진열장 앞 커튼을 가리킨다. 거기에는 "주어라, 그러면 받게 될 것이다"라고 쓰여 있다.)

필치 10실링으로 해 주시죠.

피첨 그렇다면 주말 정산할 때 50%를 내도록 하게. 장비를 포함하여 70%를 내야 하네.

필치 알겠습니다. 대체 장비는 어떤 것이죠?

피첨 그건 회사에 맡기면 되네.

필치 어떤 구역에서 시작하죠?

피첨 베이커 가 2-103번일세. 거기가 더 싸기 때문이지. 장비를 포함하여 50%만 내면 되네.

필치 좋습니다. (돈을 낸다.)

피첨   자네 이름은?

필치   찰스 필치입니다.

피첨   됐네. (소리친다.) 부인! (그의 부인이 온다.) 필치라고 하오. 314번, 베이커 가 구역. 내가 직접 기입하지. 물론 대관식을 앞둔 지금 고용되고 싶다는 것일테지. 일생에서 사소한 것이라도 건질 수 있는 유일한 시기지. 장비 C네. (그가 진열장 앞에 있는 아마포 휘장을 열자, 다섯 개의 보초 인형이 서 있다.)

필치   뭔가요?

피첨   사람의 마음을 움직일 수 있는 불행에 관한 다섯 가지 기본 유형들일세. 이런 유형을 보게 되면 사람들은 부자연스런 상태에 빠져 어쩔 수 없이 돈을 내주게 되어 있지.

장비 A. 교통수단의 발달이 가져온 희생자. 마비되었는데, 쾌활하고, 늘 밝지. (피첨이 그에게 시범을 보인다.) 늘 태평해. 한쪽 팔이 잘려 있어 더 두드러진다네.

장비 B. 용병술의 희생자. 혐오스럽게 떠는 자로 행인들을 괴롭히고, 불쾌감을 일으키게 한다네. (피첨이 그에게 시범을 보인다.) 명예훈장을 통해 완화를 시켜주네.

장비 C. 산업 부흥이 일으킨 희생자. 가련한 맹인이

거나 구걸 기술의 숙련에 해당하지. (비틀거리며 필치에게 다가가면서 시범을 보인다. 그가 필치에게 부딪히는 순간 필치가 깜짝 놀라 소리친다. 즉시 멈추어 선 피첨이 놀라그를 유심히 쳐다보고 갑자기 소리를 지른다.) 자네 동정심을 갖고 있구먼! 그래 갖고는 결단코 거지가 될 수없네. 그런 것은 행인에게나 필요한 것이지. 그럼장비 D! 셀리아, 당신 또 마셨구려! 이제 눈 뜨고 볼수도 없군. 136번이 제복에 대해 불평을 해왔소. 신사는 더러운 옷을 몸에 걸치지 않는다는 것을 몇 번이나 거듭해야겠소. 136번은 새 의상 값을 이미 지불한 상태란 말이오. 동정심을 자극할 수 있는 단하나의 얼룩은 스테아린 양초 왁스를 다리미로 스며들게 하여 집어넣을 수 있다고 했소, 안 했소. 대체 생각을 않는다니까! 나 혼자 모두 해야 하는 것이오. (필치에게) 옷 벗고 그것을 입어 보게. 잘 간수해야 하네!

필치 제 물건은 어떻게 하죠?

피첨 회사 소유가 되네. 장비 E. 전망이 좋았지만, 돌발사고를 당한 젊은 남자라네.

필치 그렇군요. 그걸 다시 이용하시는군요? 저는 왜 장비 E로 하면 안 되죠?

피첨   아무도 자기 자신의 불행은 믿지 않기 때문이라네,
알겠나. 자네가 배가 아프다고 해보세. 그런데 자
네가 그것을 말하면 거부감만 일으키는 것이지. 더
이상 아무것도 묻지 말고, 이것이나 입어 보게.

필치   조금 더럽지 않은가요? (그러자 피첨이 그를 뚫어지게 쳐
다본다.) 죄송합니다. 죄송합니다.

피첨 부인   이제 좀 서둘러. 이 피라미야, 네놈 바지를 크리스
마스 때까지 들고 있어야겠냐.

필치   (갑자기 격분한 채) 그런데 제 장화는 못 벗겠어요! 절
대 안 돼요. 차라리 포기하고 말지요. 이것은 제 가
난한 어머니의 유일한 선물이거든요. 절대로, 절대
안 되겠어요. 제가 이 정도로 타락해 버리긴 했지
만……

피첨 부인   쓸데없는 소리 그만 해, 발이 지저분해서지.

필치   어디서 발을 씻겠어요? 이 한겨울에! (피첨 부인이 그
를 칸막이 뒤로 데려간다. 왼쪽에 앉아 상의를 양초 밀랍으로
다림질한다.)

피첨   당신 딸 어디 있는 게요?

피첨 부인   폴리요? 위에 있죠!

피첨   그놈 어제도 여기 다녀간 것이오? 내가 없으면 늘
오는 그놈 말이오.

피첨 부인 그렇게 의심하지 마세요. 조나단. 그보다 더 부드 러운 신사는 못 봤어요. 대위님은 우리 폴리에겐 과 분하죠.

피첨 그래.

피첨 부인 제 판단력에 자신이 없긴 하지만 폴리가 그를 아주 좋게 보고 있는 것은 확실해요.

피첨 셀리아, 당신 딸을 탕진하겠다는 것이오? 내가 백 만장자라도 되는 줄 아나 보구려. 결혼이라도 시키 려는 거요? 그 쓰레기 같은 첩보원이 우리의 발목 이라도 잡으면 이 너저분한 가게가 일주일이라도 견디리라 생각하는 것이오? 신랑! 그놈은 우리를 곧 손아귀에 넣고 말 것이오! 우리를 그렇게 한단 말이오! 당신 딸이 잠자리에서 당신보다 주둥이를 덜 놀릴 것으로 생각하는 것이오?

피첨 부인 당신 딸에 대해 대단한 생각을 하고 있구려!

피첨 가장 나쁜 생각이지. 아주 나쁜 생각. 관능 덩어리 그 이상도 이하도 아니지.

피첨 부인 어쨌든 당신한테 물려받진 않았어요.

피첨 결혼! 안 될 말씀. 배고픈 자들에게 빵이 중요한 것 처럼 내 딸은 나에게 그런 것이어야 하오. (뭔가 찾으 려고 페이지를 넘긴다.) 그 말이 성경 어딘가에 쓰여 있

을 텐데. 원래 결혼이라는 것은 못할 짓이지. 결혼
생각을 아예 없애야 한다니까.

피첨 부인 조나단, 당신 아주 몰상식하군요.

피첨 몰상식! 그놈은 어떤데, 그분은?

피첨 부인 사람들은 그를 항상 '대위'라고 하지요.

피첨 그래, 한 번도 그놈 이름은 물어보지 않았단 말이
군? 재밌구려!

피첨 부인 얼마나 고상한데요. 우리 둘을 오징어 호텔로 초대
하여 스텝을 약간 밟기도 했지요. 그런데 그의 출생
증명서나 묻는 졸렬한 행동을 한단 말이요.

피첨 어디라고?

피첨 부인 스텝을 약간 밟은 오징어 호텔이라고요.

피첨 대위라고 했지? 오징어 호텔? 저런, 저런, 저
런…….

피첨 부인 그 신사는 언제나 고급 장갑을 끼고 내 딸과 나를
붙잡았어요.

피첨 고급 장갑!

피첨 부인 그 사람은 언제나 장갑을 끼고 있던데요. 더구나 흰
색, 흰색 고급 장갑을요.

피첨 그럴 것이오. 흰색 장갑에다 상아 손잡이를 한 지팡
이, 신발에는 각반을 하고, 에나멜 가죽구두를 신

고, 억제하는 제스처를 취하고, 흉터를 갖고 말이
지…….

피첨 부인 목에요. 어떻게 알았어요?

필치가 칸막이에서 기어 나온다.

필치 피첨 선생님, 조언을 좀 더 얻을 수는 없을까요. 저
는 늘 시스템에 맞추어 일을 해 왔거든요. 준비되어
있지 않은 것을 말하는 습관이 되어 있지 않아서 말
이죠.

피첨 부인 시스템을 갖추어야지!

피첨 바보 행세를 해야 하네. 오늘 밤 6시에 오게. 그럼
자네에게 필요한 것을 가르쳐 주지. 그만 가 보게!

필치 고맙습니다. 피첨 선생님. 뭐라 말씀드릴 수가 없
군요. 감사합니다. (나간다.)

피첨 50%! 그럼 이제 장갑을 낀 그 신사가 누구인지 말
해주지 ― 매키 매서란 말이오! (계단을 걸어올라 폴리
의 침실로 간다.)

피첨 부인 뭐라고요! 매키 매서란 말이오! 주여! 오셔서, 저희
와 함께 하소서! ― 폴리! 어떻게 된 거냐, 폴리!

피첨이 천천히 되돌아온다.

피첨   폴리? 폴리가 집에 없소. 침대에 전혀 손길이 닿질
           않았소.

피첨 부인 양모 상인과 저녁을 먹는다고 했어요. 확실해요,
           조나단!

피첨   그 사람이 양모 상인이길 바라겠소. 제발!

막 앞으로 피첨과 그 부인이 나와 노래한다. 노래를 위한 조명
: 금빛 조명. 위에서 세 개의 램프가 막대에 내려앉는다. 판때기
에는 다음과 같이 쓰여 있다.

〈그 대신의 노래〉

1

피첨   집과 따뜻한 침대에 머무는 대신
           그들은 재미를 필요로 하지
           특별대우라도 받으려는 듯.

피첨 부인 그것은 소호에 뜬 달
           그것은 빌어먹을 "내 심장이 뛰는 걸 느끼세요"라
           는 글귀 때문.
           그것은 "당신이 어디로 가든 나도 함께 가리라", 조

니!
사랑이 시작되고 달이 아직 차고 있을 때.

                              2

피첨   의미가 있고, 목적이 있는 것을 하는 대신
재미를 찾지
그래서 당연히 진창에 빠져든 것.

함께   그것은 소호에 뜬 달
소호에 뜬 너의 달이 무슨 소용이람
그것은 빌어먹을 "내 심장이 뛰는 걸 느끼세요"라
는 글귀 때문.
그 빌어먹을 "내 심장이 뛰는 걸 느끼세요"라는 글
귀는 어디에 있는 거람.
그것은 "당신이 어디로 가든 나도 함께 가리라", 조
니!
"당신이 어디로 가든 나도 함께 가리라", 조니!는
어디에 있어.
사랑이 끝나고, 네가 진창에 빠져들 때.

2장

마구간.

소호의 심장 깊숙이에서 범죄자 매키 매서가 거지왕의 딸인 폴리 피첨과 자신의 결혼을 축하하고 있다.

텅 빈 마구간

매시어스   (권총을 들고, 마구간을 탐조등으로 비추고 있다.) 이봐, 거기 누가 있다면, 손들어!

매키스가 등장하여 무대를 따라 한 번 빙 돈다.

매키스(맥)   여보게, 누가 있는 겐가?

매시어스   아무도 없습니다! 여기에서 조용하게 결혼식을 축하할 수 있겠는데요.

폴리   (신부복을 입고 등장한다.) 그런데 여기는 마구간이네요!

맥   잠시 구유에 앉아 보시오, 폴리. (관객에게) 오늘 이 마구간에서 사랑으로 저를 따르는 폴리 피첨 양과 저의 결혼식이 거행됩니다. 저의 나머지 생을 그녀와 나누려는 것이지요.

매시어스 런던의 많은 사람들은 피첨 씨의 외동딸을 곧바로
집에서 유인해 낸 일을 오늘까지 당신이 감행하였
던 일 중에서 가장 대담한 일이라고 떠들어 댈 걸
요.

맥 피첨 씨가 누군가?

매시어스 그 스스로 말하기를 런던에서 가장 가난한 남자라
고 하지요.

폴리 그런데 당신 여기에서 우리 결혼식을 축하하려는
건 아니겠죠? 아주 평범한 마구간이잖아요. 여기로
목사님을 오시라고 할 수는 없어요. 게다가 우리 것
도 아니고. 정말 가택침입으로 새로운 삶을 시작해
선 안 되지요, 맥. 더구나 우리의 가장 멋진 날인데.

맥 이 귀여운 사람아, 당신이 원하는 대로 곧 모든 것
이 이루어질 것이오. 당신 발이 돌에 차여서는 안
되오. 실내 장식도 곧 운반되어 오리다.

매시어스 저기 가구가 오는데요.

커다란 화물차 도착하는 소리가 들린다. 대여섯 사람이 양탄
자, 가구, 그릇 등을 가지고 들어온다. 그것으로 마구간이 대단히

멋진 주점으로 변모된다.[1]

맥   보잘것없는 것이로군.

사내들이 왼쪽에 선물들을 내려놓고, 신부에게 축하인사를 한 후, 신랑에게 보고한다.[2]

제이콥 축하드립니다! 진저 가 14번지 사람들은 2층에 있더군요. 그들을 몰아내야만 했어요.

---

* 배우에게 주는 주의 (비교. 5번째 시론 "오페라에 대하여" : 오페라 《도시 마호가니의 부흥과 몰락》에 대한 주석) 소재의 전달과 관련하여 관객은 감정이입의 길로 인도되어서는 안 된다. 관객과 배우 간에 교류가 발생하고, 배우는 어떤 낯설음과 어떤 거리감에도 불구하고 궁극적으로 직접 관객을 향해야 한다. 동시에 배우는 자신이 표현해야 할 인물에 대해 "그의 역할에 있는" 것보다 훨씬 더 많이 관객에게 설명해 주어야 한다. 물론 배우는 사건을 이해하기 쉽게 만드는 태도를 취해야 한다. 배우는 플롯만을 사용하는 데서 더 나아가 플롯의 사건과 다른 사건들과도 연관성을 취해야 한다. 가령 폴리는 매키스와의 사랑 장면에서 매키스의 애인만이 아니라, 피첨의 딸이기도 하다. 딸일 뿐만 아니라 항상 그녀 아버지의 직원이기도 하다. 관객과 그녀의 관계에서는 강도 신부와 상인 딸 등에 대한 관객의 통상적인 관념을 비판해야 한다.

1) 배우들은 이 범법자들을 붉은 목도리를 두른 비극적 개인의 폭도로 표현해서는 안 된다. 이런 개인들은 대목장터에 활력을 불어넣으나, 점잖은 사람이라면 결코 그 누구도 그들과 맥주 한 잔을 들이킬 생각은 하지 않는다. 물론 이 범죄자들은 분별 있는 사내들이며, 일부는 비만하고, 직업과 무관하게는 예외 없이 사교적이다.

2) 여기에서 배우들은 시민적 도덕이 갖는 유용성과 심성과 기만 간의 긴밀한 관계를 보여줄 수 있다.

로버트   축하드립니다. 해변에 경관 한 명이 죽어있습니다.

맥   서툰 놈들 같으니.

이드   저희가 할 수 있는 한 다 했습니다만 웨스트엔드의 세 사람은 구할 수 없었어요. 축하드립니다.

맥   서툴고, 한심한 녀석들 같으니

지미   노인 한 사람이 조금 다쳤습니다. 하지만 그렇게 심각한 정도는 아닌 것 같습니다. 축하드립니다.

맥   유혈은 피하라는 것이 내 지시였다. 그걸 생각하면 다시 기분을 망친다니까. 자네들은 사업할 제목이 못 되는 놈들이야! 식인종이면 모를까, 결단코 사업가는 못 돼!

월터   축하드립니다, 부인. 30분 전까지만 해도 이 쳄발로는 섬머세처 공작 부인의 소유였지요.

폴리   이 가구들은 뭐예요?

맥   가구가 마음에 안 드시오, 폴리?

폴리   (운다.) 그 많은 가난한 사람들은, 몇 가지 가구 때문에…….

맥   어떤 가구 말이오! 보잘것없는 것들이잖소! 당신이 화나는 건 아주 당연하오. 장미목 쳄발로와 르네상스 소파는 있어야지. 용서 못하겠군. 탁자는 대체 어디 있나?

월터　　　탁자요?

구유 위에 몇 장의 판자를 올려놓는다.

폴리　　　아 맥! 저 너무 불행해요. 목사님이라도 오시지 않
　　　　　　았으면 좋겠어요.

매시어스　당연히 오실 겁니다. 저희가 그분에게 길을 아주 정
　　　　　　확하게 적어드렸거든요.

월터　　　(탁자를 보여준다.) 탁자 보시지요!

맥　　　　(폴리가 울기 때문에) 내 아내가 어찌할 바를 모르고 있
　　　　　　다. 대체 다른 의자들은 어디에 있는 겐가? 쳄발로
　　　　　　에 의자가 없다니! 생각 좀 해야지. 결혼식 올릴 때
　　　　　　마다 이런 일이 발생해야겠나? 주둥이 닥쳐, 수양
　　　　　　버들! 왜 자주 이런 일이 발생하느냔 말이다. 자네
　　　　　　들한테 위임한다고 말하지 않았나? 자네들이 내 아
　　　　　　내를 처음부터 불행하게 만들고 있군.

이드　　　사랑하는 폴리 —

맥　　　　(쓰고 있는 모자를 그의 머리에서 내려친다.)[3] "사랑하는
　　　　　　폴리"라고! 네놈 대갈통을 창자에 처넣어 줄까, "사

---

3) 인간다운 자세(신랑의 태도)를 가능케 하는 상황을 만들기 위해 한 남자가 얼마나
　　지독한 에너지를 투입해야 하는지를 보여줄 수 있다.

랑하는 폴리"와 함께? 이 개새끼. "사랑하는 폴리"
라는 말 다들 들었지! 너 폴리와 잠이라도 잔 거냐?

폴리 이봐요, 맥!

이디 맹세합니다만……

월터 아량이 넓으신 부인, 몇 가지 장식품이 더 필요하시
다면, 다시 한 번 저희가……

맥 장미목 쳄발로에 의자가 없다. (웃는다.) 신부로서 뭐
라 말씀하시겠소?

폴리 정말 가장 나쁜 일은 그게 아니에요.

맥 의자 두 개, 소파 하나, 신랑 신부는 땅에 앉으란 말
이냐!

폴리 네, 그렇군요!

맥 (공격적으로) 이 쳄발로 다리를 잘라라! 자! 자!

네 사람 (탁자 다리를 톱으로 자르면서 노래한다.)

빌 로전과 매리 사이어는
지난 수요일 남편과 아내가 되었지요.
혼인 신고를 위해 관청 앞에 섰을 때
남편은 아내의 결혼 예복이 어디에서 왔는지, 알지
못했고,
아내는 남편의 이름도 정확히 몰랐지요.
축배를 들어요!

월터	다행히 이것으로 벤치가 되었군요. 아량이 넓으신 부인!
맥	신사 여러분, 이제 더러운 것들은 벗어버리고, 점잖게들 차려 입으시게. 별 볼 일 없는 사람의 결혼식이 마침내 시작된 것은 아니니. 폴리, 피크닉 바구니를 준비할 수 있겠소?
폴리	이것이 피로연인가? 모두 훔친 거죠, 맥?
맥	당연하지, 당연하고말고.
폴리	노크를 하고, 경찰관이 들어오면 당신이 어떤 태도를 취할지 알고 싶군요.
맥	당신 남편이 어떻게 하는지, 보여주지.
매시어스	오늘은 불가능합니다. 모든 기마 경관들이 대번트리에 가 있으니까요. 금요일에 있을 대관식 때문에 여왕을 모시러 갔지요.
폴리	나이프가 2개, 포크가 14개! 의자 하나마다 나이프가 하나씩이군요.
맥	저런 엉터리들! 견습공들의 작업이군, 성숙한 성인의 일이 못 된단 말이다! 대체 자네들은 양식에 대해 전혀 모르는가 보군? 치펀데일과 루이 까또즈는 구별할 수 있어야 하지 않나.

도둑무리들이 돌아온다. 사내들은 우아한 야회복은 입었으나 그에 걸맞는 동작을 취하지는 못한다.

월터　원래 저희들은 가장 값진 것을 가져오려고 했었죠. 목재 좀 보세요! 재료는 절대적으로 일등급에 속합니다.

매시어스　쉬, 쉬! 대위님, 축하 받으시죠 ―

맥　폴리, 이리로 오시오.

신랑과 신부가 축하받을 포즈를 취한다.

매시어스　대위님, 당신 생애 최고의 날, 인생의 황금기에 아주 진심을 다한 동시에 절실한 행운을 제공하는 등의 전환점을 말씀드려도 되겠습니까. 이 부자연스런 톤이 듣기 싫으실 테죠. 그럼 짧고 명료하게. (맥과 악수한다.) 용기만은 잃지 마시고, 옛 집으로 가시죠!

맥　고맙네. 멋있었어, 매시어스.

매시어스　(감격하여 맥과 포옹한 후, 폴리의 손을 흔들면서) 네, 진심에서 나온 말입니다! 그러니, 힘내시지요, 샬루푸. (히죽히죽 웃으며) 다시 말해 머리에 대해 말씀드리는 것은, 힘이 없어서는 안 된다는 것이지요.

손님들의 요란한 웃음소리. 맥이 갑자기 가볍게 매시어스를
땅에 넘어뜨린다.

맥   주둥이 닥쳐. 자네의 더러운 입담은 키티에게나 퍼
            붓게. 그 입담에 가장 적격인 지저분한 여자 아닌
            가.

폴리   맥, 그렇게 거칠게 굴지 말아요.

매시어스   뭐라고요, 키티가 더러운 여자라는데 가만있을 수
            없지 — (힘들게 다시 일어선다.)

맥   그래서, 어쩌겠다는 게야?

매시어스   절대로 그녀한테는 더러운 입을 놀리지 않소. 내가
            키티를 얼마나 존중하는지 알고 있소? 필경 당신
            같은 사람은 이해하지 못할 것이오만. 당신이야말
            로 그렇게 생겨먹었지. 당신이야말로 음담이 꼭 필
            요한 인간이지. 당신이 루시에게 하였던 것을 다시
            그녀가 내게 하지 않았다고 생각하는가 보군! 그에
            비한다면 나야말로 고급 장갑이죠.

맥   (그를 주시한다.)

제이콥   그만, 그만, 오늘은 결혼식 아닌가. (그들이 그를 옆으

로 끌어낸다.)

맥   멋진 결혼식이야, 어때, 폴리? 당신 결혼식 날 이런
         쓰레기들을 주변에 두어야 하다니. 당신 남편이 동
         료들로부터 이렇게 버림받을 줄 생각하지 못했을
         것이오만! 뭔가 배울 수 있을 게요.

폴리   나쁘지 않은데요.

로버트   농담하지 마시오. 버림받았다는 것은 말도 안 되지
         요. 의견 차이야 어디에서나 있을 수 있는 것이오.
         자네 키티는 다른 모든 여자들처럼 괜찮지. 자 이제
         자네 결혼 선물이나 내놓게, 낡은 주화님.

모두   자, 시작하세, 시작.

매시어스   (모욕당한 채) 여기 있습니다.

폴리   아, 결혼 선물이군요. 감사합니다, 주화 매시어스
         님. 여기 보세요, 맥. 얼마나 멋진 잠옷이에요.

매시어스   음담이겠죠, 아마, 대위님?

맥   됐네. 이런 기념일에 마음 상하고 싶진 않을 테지.

월터   이것으로 말할 것 같으면? 치펀데일이라고 합니다!
         (거대한 치펀데일 추시계 포장을 연다.)

맥   까또즈구먼.

폴리   너무 멋있어요. 아, 행복해라. 뭐라 드릴 말씀이 없
         습니다. 여러분의 작은 선물 너무도 환상적입니다.

격에 맞는 집이 없는 것이 아쉽군요. 그렇지 않아
요, 맥?

맥 그렇소, 시작으로 생각하길 바라오. 모든 시작은
어려운 법 아니겠소. 자네한테 정말 고맙네. 월터,
그럼, 이 물건 저리 치우게. 먹지!

제이콥 (다른 사람들이 상을 차리는 동안) 이번에도 저는 아무것
도 가져오지 못했군요. (폴리에게 열렬히) 그래서 제가
기분이 매우 좋지 못하다는 점 믿어주시길 바랍니
다, 어여쁜 부인.

폴리 갈고리 손가락 제이콥 님. 염려할 필요 없습니다.

제이콥 모든 녀석들이 선물을 막 뿌려대고 있는데, 저만 멍
하니 서 있어야하니. 제 처지를 아셔야 해요. 늘 그
렇답니다. 그 상황을 당신에게 설명드려 볼까요! 이
해하지 못하실 겁니다. 최근에 선술집 제니를 만났
어요, 그 늙은 돼지 말입니다 ― (맥이 뒤에 서있는 것
을 갑자기 알아차리고, 말없이 그 자리를 떠난다.)

맥 (폴리의 자리로 그녀를 데리고 간다.) 당신이 오늘 맛보게
될 최상의 음식들이요, 폴리. 자, 그럼!

모두 피로연을 위해 착석한다.[4]

이디	(식기를 가리키며) 멋진 접시죠. 사보이 호텔.
제이콥	마요네즈 계란은 젤프리지의 것이죠. 거위 간 파이 한 통도 예정되어 있었습니다만, 구멍이 나 있는 걸 보고 지미가 화가 치밀어 도중에 먹어치웠습니다.
월터	점잖은 사람들은 구멍이라고 말하지 않네.
지미	계란을 그렇게 내려 빼서 삼키면 어떻게 하나, 이디, 이런 날!
맥	노래 좀 할 수 있는 사람 없을까? 흥겨운 걸로 좀?
매시어스	(웃음이 터져 사레가 든다.) 흥겨운 걸로 좀? 멋진 제안이십니다. (맥의 무시하는 눈총에 놀라서 앉는다.)
맥	(누군가의 접시를 손에서 내리친다.) 나는 원래 식사를 시작하려는 게 아니었네. 자네들이 즉시 "식탁으로, 빵 양동이로"라고 하지 않고, 분위기를 돋구어 주는 뭔가를 했더라면 오히려 그것을 보았을 것이네. 다른 사람들도 오늘 같은 날엔 그렇게 하지 않던가.

---

4) 결정적인 보류의 순간에 신부와 신부의 관능을 드러낼 수 있다. 이를테면 공급이 그쳐야 하는 그 순간에 수요가 절정으로 치달아야 하는 것이다. 신부가 보편적으로 관심을 받으면, 신랑은 '그때야 승리자가 된다'. 즉 전적으로 극적 사건이 중요한 것이다. 또한 신부는 아주 조금 먹는다는 것을 보여줄 수 있다. 종종 아주 여린 사람이라도 닭고기와 생선을 통째로 집어 삼키기도 하지만, 신부들은 결코 그렇지 않다.

제이콥   가령 뭘 말씀이신지요?

맥   내 입으로 해야겠나? 여기에서 오페라를 요구하지
          는 못하겠지. 먹는 것이나, 음담패설이 아닌 마침
          내 준비된 뭔가가 있어야 하지 않겠나. 그래, 이런
          날 친구가 뭔지 드러나는 법이지.

폴리   송어 맛이 대단해요, 맥.

이디   에구, 아직 이런 것 맛보지 못했군요. 매키 매서한
          테는 항상 있는 것이죠. 제대로 꿀단지 안에 앉으셨
          습니다. 맥은 고상한 데 의미를 두는 여자에게 적격
          인 배우자라고 저는 늘 말하곤 하죠. 어제 루시한테
          도 그렇게 말했습니다만.

폴리   루시? 누가 루시죠, 맥?

제이콥   (당황하여) 루시? 네, 그것을 그렇게 심각하게 받아
          들이진 마십시오.

매시어스 (일어선다. 폴리 뒤에서 커다란 팔 움직임을 한다. 그것으로
          제이콥의 말을 가로막으려는 것이다.)

폴리   (그를 쳐다본다.) 뭐 필요하신 것이라도? 소금이 필요
          하신가요? 방금 뭐라고 하실 참이었나요, 제이콥
          씨?

제이콥   네, 아무것도 아닙니다. 정말이에요. 아무것도 아
          니었어요. 여기에서 분별없는 말을 했다간 손해 보

겠는데요.

맥 손에 뭘 가지고 있나, 제이콥?

제이콥 나이프입니다. 대위.

맥 접시에는 뭘 가지고 있는데?

제이콥 송어요리지요. 대위

맥 그래, 나이프로, 자네는 송어요리를 나이프로 먹는 겐가. 제이콥. 놀랄 일이군. 폴리, 그런 것 본적 있소? 생선을 나이프로 먹는 짓 말이오! 그런 놈은 그야말로 돼지지. 알겠나, 제이콥? 자네 좀 배워야겠네. 폴리, 저런 지저분한 놈을 인간으로 만들려면 꽤나 할 일이 많을 것이오. 자네들 인간이라는 게 대체 뭔지 알기나 하는가?

월터 남자를 말하는 것이오, 인간을 말하는 것이오?

폴리 푸우, 월터 씨!

맥 그래, 자네들 어떤 노래도 하지 않겠다는 겐가. 오늘, 이날을 멋지게 만들어줄 그 어떤 것도 하지 않느냐 말일세. 다른 날처럼 슬프고, 평범하고, 몹쓸 추잡한 날이어야겠어? 대체 문 앞에는 한 놈이라도 서 있는 거야? 내가 몸소 보살펴야할까? 오늘 같은 날 몸소 문 앞에 서있어야 하느냔 말일세? 그리고 자네들은 내 덕분에 여기에서 배를 채우고 있고?

월터 (퉁명스럽게) '내 덕분'이라니 무슨 뜻입니까?

지미 월터, 그만 하게! 내가 나가겠소. 누가 여기에 온다는 거야! (나간다.)

제이콥 이런 날 모든 결혼식 하객들이 줄달음친다면 재밌겠군!

지미 (밖에서 안으로 들어온다.) 이봐요, 대위, 경찰이요!

월터 호랑이 브라운이군!

매시어스 엉터리 같은 소리 마. 킴볼 목사요.

킴볼이 들어온다. 모두 소리지른다.

모두 안녕하세요. 목사님.

킴볼 네, 마침내 찾아냈군요. 찾은 곳이 작은 오두막이로군요. 그런데 사유지잖소.

맥 대본셔 공작 것입니다.

폴리 안녕하세요, 목사님. 저 너무 행복해요. 목사님이 저희에게 최고로 좋은 날 와 주셔서요—

맥 이제 킴볼 목사님을 위해 노래 한 곡 부탁해 볼까.

매시어스 빌 로전과 마리 사이어는 어떻습니까?

제이콥 좋지, 빌 로전이 아마도 적합하겠는걸.

킴볼 여러분이 하나가 되어 단상에 오른다면 멋지겠는

데요.

매시어스 여보게들, 시작하지.

세 남자가 일어나 노래를 한다. 머뭇거리면서, 힘도 없고, 주
저주저 하며.

〈가난한 사람들을 위한 결혼 축가〉

빌 로전과 마리 사이어가

지난 수요일에 남편과 아내가 되었다네.

잘 살아야지, 잘, 잘, 잘 살아야지!

혼인 신고를 위해 관청 앞에 섰을 때

그 남편은 신부의 예복이 어디에서 왔는지 알지 못

하였고,

그 아내도 그의 이름을 정확하게 몰랐다네.

잘 사세요!

당신 아내가 무엇을 하는지 아시나요? 모른다오!

당신 호색한 생활은 그대로 할 건가요? 아니라오!

잘 살아야지요, 잘, 잘, 잘 살아야지요!

일전에 빌 로전이 제게 이렇게 말하더군요.

난 그녀에게 크게 바라지 않는다고.

돼지 같은 놈.

잘 살아야지요!

맥 그것이 전부인가? 고작 그거야!

매시어스 (다시 사레들린다.) 고작 그것, 그거야말로 적합한 단어군요. 여러분, 고작 그것.

맥 주둥이 닥치지 못해!

매시어스 제 말은 활기도 없고, 열정도 없다는 뭐 그런 뜻으로 한 말입니다.

폴리 신사 여러분, 아무도 나서지 않겠다면 제가 직접 간단한 것을 보여드리지요. 소호에 있는 작은 4페니 술집에서 보았던 한 소녀를 흉내내 보겠어요. 그 소녀는 설거지를 하였지요. 여러분이 아셔야 할 것은, 모두가 그녀에 대해 비웃었고, 그러면 그녀는 손님들에게 말을 걸고, 제가 곧 여러분들에게 선창할 그런 것들에 대해 말하였답니다. 보세요. 이것은 작은 탁자입니다. 여러분들은 이것을 아주 더러운 것으로 상상하셔야 해요. 이 탁자 뒤편에 아침이나 저녁이나 그녀가 서 있었어요. 이것은 설거지통이고, 이것은 행주예요. 이것으로 유리잔을 닦았지

요. 여러분이 앉아 있는 곳에 그녀를 보고 비웃는
신사들이 앉아 있었다고 가정해 보죠. 그때처럼 여
러분도 비웃으셔도 됩니다. 하지만 그렇게 할 수 없
다면 반드시 그렇게 하실 필요는 없어요. (그녀는 유
리잔을 씻는 듯한 행동을 하고, 혼자 중얼거리는 일을 시작한
다.) 이제 그들 중의 한 사람에게 말을 겁니다. (월터
를 가리키며) 당신. '자, 너의 배는 언제 오지, 제니?'

월터　　자, 너의 배는 언제 오지, 제니?

폴리　　그리고 또 다른 사람이 말합니다. 이를테면 당신.
'너는 아직도 유리잔을 닦고 있니, 제니, 해적의 신
부야?'

매시어스　너는 아직도 유리잔을 닦고 있니, 제니, 해적의 신
부야?

폴리　　네, 이제 제가 시작하지요.

　　노래를 위한 조명 : 금색 조명, 위에서 세 개의 전등이 한 장대
위로 내려오고, 판때기에는 다음과 같이 쓰여 있다.

〈해적의 신부 제니〉

폴리　　(노래한다.)

1

신사 여러분, 오늘 여러분들은 제가 유리잔 씻는 것
을 보십니다.

그리고 저는 누구에게나 잠자리를 봐주지요.

일 페니를 받고요. 그런 후 감사도 표합니다.

저의 낡은 옷과 이 낡은 호텔은 보시지만

누구와 말을 하는지는 알지 못하지요.

그러던 어느 날 밤 항구에 소란이 일어나요.

무슨 소란이냐고 묻지요.

저의 유리잔 소리인 것을 보고 사람들은 비웃으며
쳐다보지요.

그런데 저 여자가 왜 웃는 거요?

> 여덟 폭 돛을 단 배
> 쉰 개의 대포를 싣고
> 항구에 정박하네.

2

가서 너의 유리잔이나 닦으럼, 이 풋내기야, 라고
하지요.

그러면서 저에게 푼돈을 건넨답니다.

그 푼돈을 받고

저는 잠자리를 봐 놓지요.
오늘 밤에는 거기에서 아무도 자지 않을 거예요.
그들은 아직도 제가 누구인지는 알지 못하죠.
어느 날 저녁 항구에 포효가 들리죠.
무슨 포효냐고 묻지요.
창문 뒤에 제가 서 있는 걸 사람들은 봅니다.
저 여자가 왜 저렇게 화가 났느냐고 하지요.

　　　여덟 폭 돛을 단 배
　　　쉰 개의 대포를 싣고
　　　도시에 사격을 가하지요.

　　　　　3
신사 여러분, 이제 여러분의 웃음도 그칠 것입니
다.
장벽이 무너져 내리거든요.
도시는 지진이 일어난 것과 같지요.
허름한 호텔만이 타격을 피하지요.
그 안에 특별한 누군가 사느냐고 묻지요.
오늘 밤 호텔 주위엔 소란이 일어날 거예요.
왜 호텔은 안전한 거냐고들
아침에 문밖으로 나오는 저를 보지요.

저 여자가 저 안에 사는 건가라고 하죠.
　　여덟 폭 돛을 단 배
　　쉰 개의 대포를 싣고
　　돛대에 깃발을 달지요.

　　　　　　4
정오가 되면 수백 명이 육지에 다다릅니다.
그늘 속으로 들어오지요.
모든 집에서 한 사람씩 붙잡아
사슬에 묶어 제 앞에 데려오지요.
누구를 죽여야 하느냐고 묻고
이날 정오가 되면 항구는 조용해집니다.
누가 죽어야 하느냐고 묻는다면.
저는 이렇게 말하지요. 모두라고!
머리가 떨어지면, 저는 아이쿠!라고 하지요.
　　여덟 폭 돛을 단 배
　　쉰 개의 대포를 싣고
　　저와 함께 사라지지요.

매시어즈　아주 깜찍하고, 재밌네요, 그렇죠? 당신이 노래를
　　그렇게 하니 말이죠, 경애하는 부인!

맥	깜찍하다니, 뭐가 말인가? 그것은 깜찍한 게 아닐세. 이 바보야! 그것은 예술이지, 깜찍한 게 아니란 말일세. 당신 아주 멋지게 해냈소. 폴리. 이런 쓰레기 같은 놈들 앞에서. 죄송합니다. 목사님, 마음 상하지 않으셨길 바랍니다. (폴리에게 나직하게) 그런데 말이오, 당신이 그렇게 가장하는 것 따위 난 좋아하지 않소. 앞으로는 삼가길 바라오. (탁자에서 폭소가 발생한다. 도둑 무리가 목사를 보고 비웃는다.) 손에 뭘 가지고 계십니까, 목사님?
제이콥	나이프가 두 개네요, 대위!
맥	접시엔 뭘 가지고 계시죠, 목사님?
킴볼	연어 같습니다.
맥	네, 나이프로 연어를 드십니까?
제이콥	생선을 나이프로 먹는다는군요, 자네들 본 적 있는가. 그렇게 하는 사람은 간단히 말해—
맥	돼지야. 이해하겠어, 제이콥? 자네 좀 배워야겠네.
지미	(안으로 뛰어들면서) 이봐요, 대위. 경찰이요. 보안관이 몸소……
월터	브라운, 타이거 브라운!
맥	그래, 타이거 브라운 맞을 거야. 타이거 브라운이 맞아. 런던의 가장 고위급 경관이지. 오울드 베일

리의 기둥이고. 그가 지금 매키스 대위의 초라한 오
두막에 들어서고 있군. 자네들 좀 배워야 할 것이
네!

도둑 무리들이 몸을 숨긴다.

제이콥   교수대로군!

브라운이 등장한다.

맥   잘 있었나. 재키!

브라운   잘 있었나. 맥! 시간이 별로 없네. 곧 다시 가야만
한다네. 하필 남의 마구간이어야겠나. 또다시 가택
침입이로군 그래!

맥   하지만 재키. 아주 편안하다네. 자네의 오랜 친구
맥의 결혼식을 함께 축하해 주려고 왕림 해주어 기
쁘네. 나의 신부를 소개하지. 폴리 피첨이라고 한
다네. 이 사람은 타이거 브라운이오. 어떤가, 친구?
(그의 등을 두드린다.) 이 녀석들은 나의 친구들이지,
재키. 자네가 한 번쯤 보았을지도 모르겠네.

브라운   (불쾌해 하며) 개인적으로 여기에 온 것이네, 맥.

맥	저들도 마찬가지라네, 여보게, 제이콥!

브라운 이 녀석이 갈고리 손가락 제이콥이군. 멧돼지 같은 놈.

맥 여보게, 지미, 이보게, 로버트, 이보게, 월터!

브라운 자, 오늘은 그 일은 잊기로 하지.

맥 여보게, 이디, 매시어스!

브라운 앉으시오. 신사 여러분, 앉게들!

모두 대단히 감사합니다.

브라운 오랜 친구 맥의 매력적인 아내를 알게 되어 기쁩니다.

폴리 별 말씀을요. 선생님!

맥 앉게, 늙은 샬루프. 위스키나 마시게! —나의 폴리도, 신사 여러분들도! 오늘 여러분들 가운데서 한 남자를 보고 계십니다. 그의 동포애를 높이 평가한 왕의 불가해한 의지가 이 사람을 임명하였으나 모든 역경과 위험을 물리치고 나의 친구로 남아주었습니다. 내가 누구를 말하는지 알 것이네. 브라운, 자네도 알지, 내가 누구를 말하고 있는지. 아, 재키, 기억하고 있겠지? 자네가 군인으로, 내가 군인으로 인도 군대에서 우리가 어떻게 근무하였는지 말일세. 아, 재키. 우리 대포 노래나 해 보세!

그들 둘이 탁자에 앉는다.

　노래를 위한 조명 : 금빛의 조명. 위에서 세 개의 전등이 장대
위에 내려오고, 판때기에는 다음과 같이 쓰여 있다.

〈대포 노래〉

1

그 중에 존이 있었고, 짐도 함께 했죠.

조지는 중사가 되었어요.

하지만 군대는, 그가 누구인지 아무에게도 묻지 않
지요.

북쪽으로 행군을 했죠.

군인들은 대포에

거주하고

희망봉에서 비하르 만까지

비가 내릴 때면

그들은 새로운 인종

갈색 인종이나 창백한 인종을 만났어요.

아마도 그것으로 비프스테이크 타타르를 만들었죠.

2

조니에게 위스키는 너무 뜨거웠죠.

지미에겐 이불이 부족하였고요.

그런데 조지가 그 둘을 팔에 안았지요.

그리곤 말했어요 : 군대가 불행하게 죽을 수는 없

다, 라고.

군인들은 대포 위에

거주하지요.

희망봉에서 비하르만까지

비가 내릴 때면

그들은 새로운 인종

갈색 인종이나 창백한 인종을 만났어요.

아마도 그것으로 비프스테이크 타타르를 만들었죠.

3

존도, 짐도 죽었어요.

조지는 행방불명되고, 쓸모없게 되었지요.

그래도 피는 여전히 붉기만 하군요

요즘 또 다시 징병을 한다네요!

(그들이 앉아서 발로 행진하면서)

군인들은 대포 위에

거주하지요.

희망봉에서 비하르 만까지

비가 내릴 때면

그들은 새로운 인종

갈색 인종이나 창백한 인종을 만났지요.

아마도 그것으로 비프스테이크 타타르를 만들었죠.

맥　거친 파고와 함께 삶이 우리 어릴 적 친구들을 산산
이 갈라놓았고, 우리의 직업이 전적으로 다름에도
불구하고 — 아주 대립적이라고들 하지 — 우리의
우애는 그 모든 것을 넘어서고 있다네. 자네들 배워
야 할 것이야! 쌍둥이 카스토르와 폴룩스, 부부 헥
토르와 안드로마케라고나 할까. 자네들도 알고 있
을 게야. 단순한 노상강도인 내가 사소한 강탈을 하
여도 이 사람, 나의 친구 브라운에게 그 중 일부, 상
당한 부분을 나의 변함없는 신의의 작은 선물이자
증거로서 넘겨주지 않은 적이 없다는 걸 말일세. 주
둥이에서 칼 치우게, 제이콥. 경찰의 일제 검거를
행하는 막강한 경시청장인 이 사람은 어릴 적 친구
인 나에게 미리 간단한 통보를 하지 않는 경우가 거
의 없다네. 이런 식으로 말이야. 상호관계라고 할

수 있지. 자네들 배워야 할 것이네. (그가 브라운을 가
슴으로 껴안는다.) 이봐, 친구 재키, 자네가 와줘서 기
쁘네. 이런 것이 진정한 우애라는 것이지. (휴지, 브
라운이 양탄자를 근심에 차 바라보고 있기 때문이다.) 진짜
시라즈 양탄자라네.

브라운   오리엔트 양탄자 회사에서 온 것이로군.

맥   그렇다네, 우리는 그곳에서 모든 걸 가져오지. 오
늘 자네를 오게 해서 자네 입장을 불편케 하지 않았
어야 하네만.

브라운   맥, 자네에게 아무 것도 거절할 수 없다는 점 알고
있지 않나. 가봐야겠네. 정말 머리가 터질 지경일세.
왕의 대관식에서 사소한 일이라도 발생한다면—

맥   재키, 내 장인은 구역질 나는 늙은 벌집 같다네. 만
약 장인이 무슨 시비를 걸게 되면 스코틀랜드 야드
에서 나에 대한 무슨 조치가 가해지지 않겠나?

브라운   스코틀랜드 야드에서는 손톱만큼도 자네를 문제 삼
지 않을 걸세.

맥   물론 그럴 테지.

브라운   내가 모든 것을 해결해 놓았네, 잘 있게.

맥   자네들 일어서지 않을 텐가?

브라운   (폴리에게) 잘 사시오! (나간다. 맥이 수행한다.)

제이콥　(매시어스, 월터 그리고 폴리와도 그 사이에 의견을 나누었
　　　　다.) 고백하네만, 앞전에 타이거 브라운이 온다는
　　　　말을 들었을 때 두려움을 억누르기 힘들었네.

매시어스　경애하는 부인, 우리는 관청의 우두머리와 관계를
　　　　갖고 있습니다.

월터　　맥은 우리 같은 놈들이 전혀 예상치 못하는 출구를
　　　　항상 갖고 있단 말이야. 그렇지만 우리도 우리 나름
　　　　대로의 보잘것 없는 출구를 갖고 있긴 하지. 이보게
　　　　들, 9시 30분일세.

매시어스　이제 가장 큰 것이 올 차례구만.

　　　　모두 왼쪽 뒤로, 뭔가를 숨긴 양탄자 뒤로 간다. 맥의 등장.

맥　　　무슨 일인가?

매시어스　대위, 작은 선물입니다.

　　　　양탄자 뒤에서 그들이 빌 노전의 노래를 부른다. 아주 감미롭
　　　고 나직하게. 그런데 "이름을 정확히 모른다"를 부르는 구절에서
　　　매시어스가 양탄자를 잡아당긴다. 모두 큰 꿍음을 내면서 계속한
　　　다. 뒤에 있는 침대를 두드리면서.

맥   고맙네, 고마워

월터   자, 이제 눈에 띄지 않게 출발하자고들.

    모두 나간다.

맥   이제 감정에 책임질 때가 왔구먼. 인간은 일만 아는
          짐승이어서는 안 되지. 앉아요, 폴리, 소호에 뜬 달
          보았소?

폴리   보고 있어요. 여보. 제 심장이 뛰고 있는 것 느끼세
          요, 여보?

맥   느끼오. 여보.

폴리   당신이 가는 곳이라면, 나도 같이 가겠어요.

맥   당신이 머무는 곳이라면 나도 그곳에 머물테요.

둘 다   호적계의 서류가 없을지라도
          제단에 꽃이 없다 해도
          당신의 예복이 어디에서 왔는지를 몰라도
          머리엔 화관이 없다 해도
          시간은 당신을 붙잡아 놓지 않네요.
          사랑은 여기서나 저기서나
          오래 가거나, 아니면 짧기도 하다네.

3장

걸인 옷 의상실.

세상의 냉혹함을 아는 피첨에게 딸의 상실은 완전한 파멸을 뜻한다.

피첨의 걸인 옷 의상실

오른쪽에 피첨과 그의 부인. 문 아래편엔 폴리가 외투와 모자를 쓰고 서 있다. 손에는 여행 가방이 들려 있다.

피첨 부인   결혼했단 말이냐? 옷으로 모자로, 장갑이며 양산으로 온통 치장해 주고, 한 척의 돛단배처럼 돈을 처들여 놓았더니 썩은 오이마냥 오물에 제 스스로 들어갔어. 너 정말로 결혼한 것 맞긴 하냐?

노래를 위한 조명 : 금빛의 조명. 위에서 세 개의 전등이 장대에 내려앉고, 판때기에는 다음과 같이 쓰여 있다.

〈간단한 노래를 통해 폴리는 자신이 도둑 매키스와 결혼한 것을 부모에게 알려준다.〉

1

제가 아직 순진할 적엔 저도 믿었지요.
그때는 저도 당신과 같았어요.
누군가 제게 다가온다면
제가 어떻게 해야 할지를 알고 있었지요.
만약 그가 돈이 있고
게다가 친절하다면
그의 옷깃이 평일에도 깨끗하고
숙녀에게 예의 차리는 법을
알고 있다면
그에게 "싫어요"라고 하는 것이지요.
용기를 잃지 않고
아주 도도해야 해요.
밤새도록 달이 비추고
보트는 강가에 정박해 있더라도
아무 일도 없지요.
눕지만 않을 수 있으면 되거든요.
차갑고 냉정해야 해요.
그렇지 않으면 일이 발생할 수 있으니까요.
네. 싫어요, 만 하면 되죠.

2

제게 찾아온 첫번째 남자는 켄트에서 온 이였죠.

남자다운 이였어요.

두번째 남자는 항구에 배 세 척을 가지고 있었죠.

세번째 남자는 저에게 온통 정신을 빼앗겼지요.

그 세 남자들은 돈이 있었고,

친절하였으며

옷깃은 평일에도 깨끗했어요.

숙녀에게 예의 차리는 법도 알았는지라

저는 그들 모두에게 "싫어요"라고 했죠.

용기를 잃지 않고

아주 도도했죠.

밤새 달은 비추었고

항구의 배도 정박해 있었어요.

하지만 더 이상 아무것도 있을 수 없었죠.

눕지 않을 수 있었고

차갑고 냉정했으니

그렇지 않으면 일이 발생할 수 있죠.

싫어요, 만 하면 되는 거죠.

3

그러다 하늘이 푸르던 어느 날
한 사람이 다가왔어요.
제게 청하지도 않은 채
제 방 못에 모자를 걸었어요.
어찌해야 할지 저는 알지 못했지요.
돈도 없고
친절하지도 않고
옷깃은 평상시에도 더러웠고
숙녀에게 예의 차리는 법도
모르는지라
그에게 "싫어요"라고 말하지 못했지요.
용기를 잃지 않거나
도도해지지 못했어요.
네, 밤새 달은 비추었고
강가에 매어 둔 보트도 정박을 풀었어요.
달리 어찌 할 바가 없었네요!
가만 누워 있어야 했어요.
차갑고, 냉정해질 수가 없었어요.
그래서 일이 발생해 버렸네요.
싫어요, 가 안 되었어요.

피첨   그래서, 범죄자의 칠칠치 못한 여자가 되어 버렸단
        말이냐. 좋다. 기뻐해야 할 일이구나.

피첨 부인 결혼을 할 정도로 그렇게 몰상식하다지만 하필 말
        도둑이며 노상강도여야 하겠더냐? 비싼 대가를 치
        르게 될 것이다! 일찍 알아봤어야 했는데. 어린애가
        영국 여왕처럼 도도했었지.

피첨   그래, 정말 결혼했단 말이냐!

피첨 부인 그렇다니까요. 어제 저녁 정각 5시였답니다.

피첨   악명 높은 범죄자와의 결혼. 곰곰 생각해 보니 이
        딸년이 대단히 뻔뻔하다는 증거로구먼. 내 노후의
        마지막 의지할 곳인 딸을 떠나보낸다는 것은 내 집
        이 붕괴되는 것이오. 나의 마지막 개도 떠나는 격
        이고. 바로 굶어 죽는 일밖에 할 게 없단 말이오. 그
        래, 우리 셋이 나무 한 조각으로 겨울을 지낼 수 있
        다면 다음 해에도 서로를 볼 수 있겠지만, 그럴 순
        없을 테고.

피첨 부인 당신 대체 뭘 생각하는 것이에요? 이것이 모든 것
        에 대한 대가란 말인가요. 조나단. 미칠 지경이네
        요. 머릿속이 온통 뒤죽박죽이 되고 있어요. 더 이
        상 못 견디겠군. 아! (정신을 잃는다.) 코르디알 메독
        한 잔만.

피첨　　엄마를 어떻게 해 놨는지, 알겠냐. 서둘러! 범죄자
　　　　의 칠칠치 못한 여자야. 좋다, 기뻐할 일이구나. 가
　　　　련한 여편네가 그토록 마음에 새기다니, 놀랄 일이
　　　　구먼. (폴리가 코르디알 메독 한 잔을 가지고 온다.) 이것이
　　　　가련한 엄마에게 남은 유일한 위안이란 말이냐.

폴리　　안심하고 두 잔을 주세요. 엄마는 제정신이 아닐 때
　　　　두 배의 양을 견디거든요. 엄마의 기운을 다시 되살
　　　　리는 것이죠. (이 장면 내내 그녀는 대단히 행복한 모습을
　　　　하고 있다.)

피첨 부인　(깨어난다.) 그래, 이제 거짓 관심과 걱정까지 보이고
　　　　있구나!

　　　　다섯 남자들이 등장한다.[5)]

거지　　강력히 항의해야겠어요. 돼지우리인데다, 도대체
　　　　제대로 된 몽당다리가 아니란 말입니다. 돈을 지불

---

5) 피첨의 회사와 같은 것들을 보일 때 지나치게 일반적인 사건의 진행을 염려해야 할
　필요는 없다. 물론 배우들은 환경을 제시할 필요는 없고, 사건을 제시해야 한다. 이
　거지들 중 한 명의 배우는 몸에 맞고 효과적인 나무다리의 선택(그는 한 의족을 시
　험해 보고, 다시 그것을 옆에 놓고, 다른 것을 시험해 보고, 첫번째 것을 다시 잡는
　다)에서 이 프로그램의 하나 때문에, 이 프로그램이 진행되는 시점에 사람들이 다
　시 한번 극장을 찾으려고 결심하게 한다는 것을 보여주려고 해야 한다. 극장은 배
　경에 자리 잡은 판매기 위에 이 프로그램을 보여줄 수 있어야 한다!

할 가치가 하등 없는 졸작이에요.

피첨   뭘 원하는가. 다른 모든 사람들과 같이 제대로 된 몽당다리일세만. 자네가 제대로 간수하지 않은 탓일세.

거지   뭐라고요. 그런데 왜 다른 사람들처럼 벌이가 안 되는 겁니까? 안 되죠, 저에게 그렇게 해서는 안 되지요. (그 몽당다리를 내던진다.) 이런 쓸모없는 것을 갖느니 내 진짜 다리를 잘라 버려야겠어요.

피첨   알았네. 대체 뭘 원하는가? 사람들이 조약돌 같은 심장을 갖고 있는데 내가 어쩌겠느냔 말일세. 다섯 개의 몽당다리를 만들어 줄 수는 없는 것 아닌가! 개가 봐도 5분 안에 눈물을 흘릴 정도로 비참한 폐물을 모두에게 만들어 주고 있네. 그런데 사람들이 울지 않는 경우 난들 어떻게 한단 말인가! 하나가 충분하지 않다면 하나를 더 가져가도 되네. 그렇지만 간수는 잘 하게!

거지   그것이면 괜찮겠군요.

피첨   (다른 거지의 의족을 검사한다.) 셀리아, 가죽이 안 좋아. 고무는 더 형편없고. (세번째에게) 종기가 벌써 줄어들고 있군. 이것이 자네의 마지막 종기라네. 처음부터 다시 시작할 수야 있지. (네번째를 검사하면서) 물론 진짜 부스럼은 만든 부스럼과는 다르지. (다섯번째에게) 자네는 왜 그러는가? 자네 또 처먹었구먼. 이제 본보기를 확실히 보여줘야겠어.

거지   피첨 선생님. 특별한 것을 먹은 게 정말 아닙니다. 제 비계가 부자연스러워서요. 저도 어쩌지 못합니다.

피첨   나도 어쩌지 못한다네. 자넨 해고야. (다시 한 번 두번째 거지에게) 이보게, '감동시키는 것'과 '신경을 거슬리는 것'은 물론 차이가 있다네. 그래서 예술가가 필요한 것이지. 요즘 같은 시절엔 예술가만이 마음을 움직일 수 있지. 만약 자네들이 진정으로 일을 한다면 관객은 손뼉을 치기 마련일세! 대체 생각을 않는다니까! 그래서 해고하지 않을 수 없는 것이네.

거지들 퇴장.

폴리   제발 아버지가 그를 좀 만나 주세요. 멋있냐고요? 아니요. 하지만 먹고 살만한 수입은 있어요. 저를 먹여 살린다고 했어요! 뛰어난 범법자지요. 시야도 넓고, 노련한 노상강도예요. 정확하게 알고 있는데요, 현재 그의 저축액이 얼만지 그 숫자를 아버지께 말씀드릴 수 있어요. 몇 번만 운 좋게 일이 잘 풀리면 소박한 시골 빌라로 이사를 할 수 있고요. 아버지가 그렇게 높이 평가하시는 셰익스피어처럼 말이죠.

피첨   그래, 그렇다면 아주 간단한 일이다. 결혼했지. 결혼한 사람은 어떻게 하더냐? 생각을 안 한단 말이야. 그래, 이혼을 하는 거다. 헤어지는 것이 그렇게 어려운 일이더냐, 안 그래?

폴리   아버지가 무슨 말씀을 하시는 건지 모르겠네요.

피첨 부인   이혼하란 말이다.

폴리   하지만 그 사람을 사랑하는 걸요. 제가 어떻게 이혼을 생각할 수 있단 말예요?

피첨 부인   애야, 성가시지도 않느냐?

폴리   엄마, 엄마가 사랑을 해 봤다면 —

피첨 부인   사랑을 해 봤냐고! 그 망할 놈의 책들이 너의 머리를 돌게 했구나. 폴리, 네가 읽은 책이 그렇게 만든 거란다!

폴리   전 다른 경우예요.

피첨 부인   엉덩이를 후려 갈겨야 알겠느냐, 다른 경우라면.

폴리   엄마들은 다들 그래요. 그렇지만 전혀 도움이 안 되죠. 엉덩이 맞는 것보다 사랑이 더 크기 때문이에요.

피첨 부인　폴리야, 일을 망치지 말거라.

폴리　　　제 사랑을 함부로 빼앗아 가도록 가만 보고만 있지 않을 거예요.

피첨 부인　한 마디만 더 하면 따귀 들어간다.

폴리　　　하지만 사랑은 이 세상에서 가장 위대하잖아요.

피첨 부인　어쨌든 그놈은 여자가 한둘이 아니다. 그놈이 교수대에 오르면, 아마도 대여섯 명의 여자들이 과부라고 밝힐 것이다. 아마도 팔에는 아이를 안고 말이다. 이를 어째, 조나단!

피첨　　　교수대, 당신 어떻게 교수대를 생각한 것이오. 그것 좋은 생각이요. 나가 있거라. (폴리 퇴장. 그녀가 문 뒤에서 귀를 기울인다.) 맞아. 40파운드가 들어오겠소.

피첨 부인　알겠어요. 경시청장에게 신고하는 것이죠.

피첨　　　그렇지. 게다가 우리가 별 수고도 들이지 않고 교수형에 처하도록 할 수 있겠군……. 그야말로 일석이조야. 그놈이 대체 어디에 숨어 있는지만 알면 되겠소.

피첨 부인　여보, 당신에게 정확히 말씀드리죠. 그놈의 여자들 속에 있을 거예요.

피첨　　　그 여자들은 그를 고발하지 않을 텐데.

피첨 부인　내게 맡겨 둬요. 돈이 세계를 지배하지 않던가요. 즉시 투른브리지로 가서 그 여자들한테 말해 두지

요. 지금부터 두 시간 후 한 여자만 만나더라도 인
도되고 말 것이오.

폴리   엄마, 거기까지 가시느라 수고하실 필요 없어요.
그런 여자와 만나기도 전에 맥이 몸소 올드 베일리
감옥으로 갈 테니까요. 올드 베일리 감옥에 간다 해
도 경시청장은 그 사람에게 칵테일을 제공할 것이
고, 그와 담배를 피우면서 그곳 거리의 어떤 사업에
대해 환담을 나눌 거예요. 물론 그 거리는 정직하게
진행되는 일은 아무것도 없지만요. 아버지, 제 결
혼식에서 그 경관 상당히 우습던걸요.

피첨   그 경시청장 이름이 뭐라고 하더냐?

폴리   브라운이래요. 하지만 아버지는 그 사람을 타이거
브라운이라고만 알고 계실 거예요. 그를 두려워하
는 모든 이들은 그를 타이거 브라운이라고 하던 걸
요. 하지만 제 남편은 그를 재키라고 불러요. 어릴
적 친구라고 하던데요.

피첨   그렇구나, 그래, 친구 사이였구먼. 경시청장과 우
두머리 범죄자가 이 도시의 유일한 친구간이야.

폴리   (시적으로) 그들이 칵테일을 함께 마실 때면 언제나
그들은 서로 볼을 쓰다듬으면서 이렇게 말하곤 한
답니다. "자네가 한 잔 마시면 나도 한 잔 마시겠

네." 한 사람이 밖으로 나갈 때면 다른 한 사람의 눈
에 이슬이 맺히지요. 그리고 그이가 이렇게 말해
요. "자네가 가는 곳이라면, 나도 같이 갈 것이라
네." 스코틀랜드 야드에 맥에 관한 것은 아무것도
없어요.

피첨   알았다, 알았어. 화요일 저녁부터 목요일 아침까지
매키스 씨는 내 딸 폴리를 결혼을 핑계로 부모의 집
에서 유혹해 냈다. 이번 주가 다 지나기 전에 이런
이유로 교수형에 불려가게 될 것이다. 충분히 그런
대가를 받을 만하다. "매키스 씨, 당신은 이전에 흰
색 고급 장갑을 끼고, 상아 손잡이가 달린 지팡이를
갖고 있었지요. 목에는 흉터를 갖고, 오징어 호텔
을 출입하였고요. 남아있는 것이라곤 당신의 특징
중에서 가장 가치가 없는 흉터로군요. 당신은 갈수
록 감옥만을 출입할 것이고, 앞으론 아무것도 더 이
상……"

피첨 부인 아니, 조나단, 그렇게 되지 않을 것이요. 런던에서
가장 험악한 범인이라고 하는 매키 매서인데요. 그
가 원하는 것을 그는 취하지요.

피첨   매키 매서가 누군데? 준비하시오. 우리는 런던의
경시청장에게 갈 것이오. 그리고 당신은 투른브리

지로 가시오.

피첨 부인 그놈 창녀들한테 말이지요.

피첨 세상의 야비함이 너무 커 다리를 쉬게 놔둘 수가 없
구나. 움직여야 다리를 도둑맞지 않다니.

폴리 아버지, 저는 브라운 씨와 기꺼이 다시 악수를 할
거예요.

셋 모두 앞으로 나와 노래 조명 아래 1막 피날레를 부른다. 판
때기에는 다음과 같이 쓰여 있다.

〈1. 서푼짜리 피날레 : 인간적 관계의 불확실성에 대하여〉

폴리 제가 좋아하는 것이 지나친가요?
황량한 삶에서 단 한 번
한 남자와 함께 잔 것이
너무 높은 목표인가요?

피첨 (양 손에 성경을 들고)
사는 게 너무 무상하여 행복해지는 것은
이 지상에서의 인간의 권리.
세상의 모든 향유에 참여하는 것도
먹기 위해 돌을 구하지 않고, 빵을 구하는 것도

이 지상에서의 인간의 진솔한 권리.

그런데 유감스럽게 아직까지 듣지 못했구나.

누군가 자신의 권리를 찾았다는 것. 대체, 어디에 있지!

그 누가 한번이라도 그 권리를 찾고 싶지 않을까.

그런데 상황이, 상황이 그렇지 않구나.

피첨 부인 내 어찌 너에게 나쁘게 하고 싶겠더냐.

모든 걸 너에게 주고 싶다.

삶에서 뭔가 갖게 되기를

사람이라면 누구나 그런 것을 좋아하는 법이란다.

피첨 선한 인간이 되어라.

그렇지, 누가 그러고 싶지 않을까?

자신의 재산을 가난한 자에게 주거라, 왜 아니겠어?

모두가 선하다면 주님의 왕국도 멀지 않을 텐데

누가 주님의 광명 속에 앉고 싶지 않겠어?

선한 인간이 되라고? 그래. 누가 그러고 싶지 않겠어?

하지만 유감스럽게도 이 지구라는 별에는

재력이 부족하고, 인간은 야비하지.

누가 평화롭고 조화롭게 살고 싶지 않겠어?

하지만 상황, 상황이 그렇지가 않아!

폴리와 피첨 부인

유감스럽게도 그의 말이 맞아요.

세상은 궁핍하고, 인간은 선하지 않아요.

피첨　유감스럽게도 당연히 내 말이 옳지.

세상은 궁핍하고, 인간은 선하지 않아.

누가 지상에서 천국을 원하지 않을까?

하지만 상황이, 상황이 그것을 허락하나?

아니, 상황이 허락하지 않아.

당신을 좋아하는 당신의 형제도

두 사람을 위한 고기가 충분치 못하다면

안면을 달리하게 마련.

정숙해라, 누가 그것을 마다하겠어?

하지만 당신을 사랑하는 당신의 아내도

당신의 사랑이 충분치 않으면

안면을 달리하게 마련

네, 감사해라, 누가 그렇게 하고 싶지 않겠어?

하지만 당신을 사랑하는 당신의 자식도

당신 노년이 궁핍하면

바로 안면을 달리하게 마련

네, 인간적이 되어라, 누가 그러고 싶지 않을까?

폴리와 피첨 부인

그래요, 유감스런 일이네요.

너무 지루한 일이죠.

세상은 궁핍하고, 인간은 선하지 않아요.

유감스럽게도 그의 말이 옳아요.

피첨 유감스럽게도 당연히 내 말이 옳지.

세상은 궁핍하고, 인간은 선하지 않아.

그토록 야비해지는 대신 우리는 선하건만

상황이, 상황이 그렇지 않아.

셋이 함께 그래요, 그러니 아무것도 소용이 없죠.

그러니 모든 것이 잡동사니지요!

피첨 세상은 궁핍하고, 인간은 선하지 않아.

유감스럽게도 내 말이 맞아!

셋이 함께 그것이 유감이에요.

너무도 지루해요.

그러니 아무것도 소용이 없고

그러니 모든 것이 잡동사니지요.

2막

4장

마구간.

목요일 오후. 장인을 피해 하이게이트 늪으로 달아나기 위해 매키 매서가 부인과 작별을 고한다.

마구간

폴리 (들어온다.) 맥! 맥, 놀라지 마세요.

맥 (침대에 눕는다.) 무슨 일이요, 왜 표정이 그러오, 폴리?

폴리 브라운한테 갔었어요. 제 아버지도 거기에 있었고요. 당신을 체포하기로 결정했어요. 엄청난 일로

제 아버지가 위협을 했거든요. 브라운은 당신 편을
들더니만, 나중에는 무너지고 말던걸요. 브라운도
이제 당신이 할 수 있는 한 빨리, 몇 시간 이내에 몸
을 숨겨야 한다는 생각이에요. 맥, 곧바로 짐을 싸
야만 돼요.

맥   무슨 헛소리를 하는 거요. 짐을 싸라니. 이리 와요,
폴리. 지금 짐 싸는 일과는 아주 다른 것을 당신과
하려던 참이요.

폴리   안 돼요. 맥, 지금 그러고 있을 수 없어요. 얼마나
놀랐는지 알아요. 계속해서 교수형에 대한 이야기
였단 말예요.

맥   폴리, 나 그런 것 좋아하지 않소. 당신 기분이 좋지
않다면야. 스코틀랜드 야드엔 나를 잡아넣을 만한
것이 전혀 없다 하지 않았소.

폴리   네, 어제는 아마도 그랬을 거예요. 하지만 오늘은
갑작스럽게 엄청나게 많은 것이 있단 말예요. 당신
은 — 제가 고소장을 가져왔는데요. 제대로 나열할
수나 있을런지 모르겠네요. 도대체 목록이 끝이 없
어요. 두 명의 상인에 대한 살인, 30번이 넘는 가택
침입, 23번의 노상강도, 방화들, 의도적인 살인, 위
조, 위증…… 이 모든 것이 1년 6개월 사이에 일어

난 것이군요. 당신 무시무시한 사람이에요. 윈체스
터에서는 미성년 자매들을 둘이나 농간하였고요.

맥 나한테는 20살이 넘었다고 했는데. 브라운이 그렇
게 말했소? (그가 천천히 일어선다. 휘파람을 불면서 오른
쪽으로, 무대를 따라 걸어간다.)

폴리 브라운이 복도에서 저를 붙잡더니 이제 더 이상 당
신을 위해 아무것도 할 수 없다고 했어요. 아, 맥.
(그의 목에 매달린다.)

맥 알겠소. 내가 떠나면 당신이 사업 관리를 떠맡아야
하오.

폴리 지금 사업에 관한 이야기는 그만 두어요. 맥, 그것
에 대해선 듣지 않을래요. 이 가련한 폴리에게 다시
한 번 키스해 줘요. 그리고 당신은 나를 결코, 결코
— 맹세해요.

맥이 급하게 중단시키고 그녀를 탁자 있는 곳으로 데려간다.
거기에서 그녀를 의자에 주저앉힌다.

맥 이것이 장부요. 잘 들으시오. 직원들의 명부라오.
(읽는다.) 자 그럼, 여기 갈고리 손가락 제이콥. 이 사
업에 1년 반 되었소. 그가 벌어들인 것을 보자면,

하나, 둘, 셋, 넷, 다섯 개의 금시계. 많지는 않지만, 깔끔한 일이라고 할 수 있소. 내 무릎에 앉지 마시오. 지금 그럴 기분 아니오. 여기 수양버들 월터. 신뢰하기 힘든 개자식이요. 자기 마음대로 팔아치우는 작자거든. 3주간 마지막 유예기간을 준 후 해고하시오. 브라운에게 간단히 신고하면 끝나는 일이요.

폴리 (흐느끼면서) 브라운에게 간단히 신고하라고요.

맥 지미 2세. 뻔뻔한 거래인이오. 수익은 좋은데, 뻔뻔하지. 상류 사회 여자들 엉덩이 밑에 깔린 시트를 치울 정도요. 이 녀석에게는 가불을 해주시오.

폴리 그에겐 가불을 해주고요.

맥 톱날 로버트. 사소한 것을 과도하게 중요시하는 녀석이오. 천재성도 없고, 엄청난 일을 저지르지도 않으니, 남기는 것도 거의 없소.

폴리 남기는 것도 없다고요.

맥 그 밖에는 지금과 똑같이 하시오. 일곱 시에 일어나고, 세수를 하고, 몸을 한 번 씻는 등등 말이오.

폴리 당신 뜻에 따르겠어요. 이를 악물고, 사업에 몰두해야지요. 당신 것이 이제 제 것이니까요. 그렇죠, 맥? 당신 방은 어떻게 하죠, 맥? 포기해야 되지 않을까요? 월세가 부담되잖아요!

맥   아니. 그 방들은 아직 필요하오.

폴리   왜 가지고 있어야 하죠, 우리 돈이 드는데요!

맥   내가 결코 다시 돌아오지 못할 것으로 생각하는가 보오.

폴리   왜 그러겠어요? 돌아오면 다시 빌릴 수 있으니 그 렇죠![6] 맥…… 맥, 더 이상 못 하겠어요. 계속 당신 입을 쳐다봐도 당신이 하는 말이 들리지 않아요. 한 눈 팔지 않을 거죠, 맥?

맥   당신을 왜 배신하겠소. 당신이 하는 대로 똑같이 되 갚을 것이오. 당신을 사랑하지 않는다고 생각하오? 나는 당신보다 더 멀리 볼 뿐이오.

폴리   당신 넘치도록 고마워요. 저를 염려해 주시니. 다 른 사람들은 피 맛을 본 개처럼 당신을 쫓고 있어 요……

'피 맛을 본 개' 라는 말을 듣자, 그가 경직된다. 일어서서, 오 른편으로 가, 상의를 던져 놓고, 손을 씻는다.

---

6) 관객은 전적으로 폴리 피첨 양을 도덕적이고, 쾌활한 여자로 느끼도록 요망된다. 두번째 장면에서 그녀가 모두의 짐작과는 거리가 먼 사랑을 명증하였다면, 이제 실 용적인 성향을 보여준다. 이런 것이 없다면 첫번째 성향은 평범한 경솔함에 그칠 것이다.

맥　(성급하게) 앞으로 순이익은 맨체스터에 있는 재크 폴 은행으로 보내시오. 우리끼리 하는 이야기지만, 내가 모든 것을 은행의 귀중품 금고로 옮긴 것은 몇 주가 지났소. 더 안전하기도 하고, 이익도 더 좋소. 2주 정도만 지나면 이 사업에서 돈을 빼내야 하오. 그리고 브라운한테 가서 경찰에게 명단을 넘겨주시오. 잘 해야 4주 지나면 그 모든 인간쓰레기같은 놈들은 올드 베일리 감옥으로 사라지게 될 것이오.

폴리　그런데 맥, 당신 그들을 쳐다볼 수 있겠어요? 그들을 몰살시키고, 교수형에 처하게 만드는 것이나 마찬가진 걸요. 그들에게 악수를 할 수 있겠어요?

맥　누구와 말이요? 톱날 로버트, 주화 매시어스, 갈고리 손가락 제이콥 말이요?

갱단의 등장

맥　신사 여러분, 보게 되어서 기쁘네.

폴리　안녕하세요, 여러분.

매시어스　대위, 제가 대관식 축제 목록을 입수했습니다. 아주 어려운 작업 일정을 앞두게 되었군요. 30분 후면 캔터베리 대주교가 도착합니다.

맥　　　언제라고?

매시어스　5시 30분이요. 곧 출발하셔야 합니다, 대위.

맥　　　그래, 자네들 곧 떠나야겠네.

로버트　뭐라고요, 자네들이라뇨?

맥　　　그래, 나는 유감스럽게도 잠시 여행을 떠나지 않을 수 없게 되었네.

로버트　맙소사, 누가 당신을 체포하려 든단 말입니까?

매시어스　하필, 대관식을 앞둔 시점에! 당신 없는 대관식은 수저 없는 죽이나 마찬가지요.

맥　　　주둥이 닥쳐! 대관식 사업을 위해 잠시 동안 내 아내에게 사업 관리를 위임할 것이네. 폴리! (그녀를 앞으로 밀치고, 자신은 뒤로 간다. 거기에서 그녀를 주시하고 있다.)

폴리　　여러분, 우리 대위는 아주 편안하게 여행을 떠날 수 있을 것입니다. 우리는 그 일을 능란하게 해치울 수 있어요. 일류급으로요. 어때요, 여러분?

매시어스　네, 할 말이 없군요. 하지만 이런 시기에 여자라니 — 당신에게 반대하는 것은 아닙니다만 — 모르겠습니다.

맥　　　(뒤에서) 그 점에 대해 당신 생각은 어떠시오, 폴리?

폴리　　더러운 자식, 잘 시작했다. (소리친다.) 물론 나에 대
　　　　한 반대는 아니겠지? 만약 그렇다면 이 신사들이
　　　　벌써 네놈 바지를 벗기고, 엉덩이를 늘씬 두들겨 주
　　　　었을 테니까. 그렇지요, 여러분?

　　　　잠시 휴지. 휴지 후 모두 뭔가에 사로잡힌 채 박수를 친다.

제이콥　　그래, 제법인 걸요. 믿어도 되겠어요.

월터　　브라보. 대위 부인이 제대로 말씀을 하시는군요! 만
　　　　세, 폴리!

모두　　만세, 폴리!

맥　　대관식에 갈 수 없어 미칠 지경이네. 100% 사업인
　　　　데 말이야. 낮에는 모든 집들이 텅 비고, 밤에는 호
　　　　트볼레가 온통 술에 취해 있을 텐데. 참, 매시어스,
　　　　자네 너무 마시는 것 아닌가. 지난 주 그린위치 소
　　　　아병원 방화행위가 자네 행위였다는 것을 재차 알
　　　　려주었더군. 그런 일이 다시 한 번 생기면 자네는
　　　　해고일세. 소아병원의 방화는 누가 한 것인가?

매시어스　　접니다만.

맥　　(다른 사람들에게) 누가 방화를 했지?

사람들　　당신, 매키스 씨죠.

맥   뭐야, 누구라고?

매시어스 (기분이 언짢아져) 당신. 매키스 씨. 이런 방식으로 우리 같은 놈들이 사형대에 오르게 되는 것은 아니죠.

맥   (몸짓으로 목매는 것을 암시한다.) 자네가 나와 경쟁할 수 있다고 생각한다면 물론 오르고 말고.

로버트   친애하는 부인, 당신 남편이 여행 중인 동안 저희들에게 명령해 주십시오. 계산은 매주 목요일에 있습니다, 부인.

폴리   매주 목요일이요, 알겠습니다.

갱단들 퇴장

맥   이제, 작별을 해야겠소. 여보, 깨끗이 하고, 내가 있는 것과 똑같이 매일 화장을 하시오. 매우 중요한 일이요, 폴리.

폴리   맥, 다른 여자들은 더 이상 찾지 않고 이대로 떠나겠다고 약속해 줘요. 당신의 가련한 폴리가 질투심에서 이렇게 말하는 것이 아니에요. 매우 중요하기 때문이에요, 맥.

맥   폴리, 내가 왜 그런 쓸모없는 양동이 같은 것에 마음을 기울이겠소. 당신만 사랑하오. 충분히 어두워

지면, 어느 마구간의 가라말을 꺼내, 당신이 창가
에서 달을 쳐다보기도 전에 이미 하이게이트 늪을
등 뒤에 두게 될 것이오.

폴리　　아, 맥, 가슴이 찢어지는 것 같아요. 제 곁에 남아줘
요. 그럼 우리 행복하잖아요.

맥　　　이 가슴이 찢기는 것 같소. 가야만 하고, 내가 언제
돌아올지 아무도 모르는 일이잖소.

폴리　　너무 짧았어요, 맥.

맥　　　끝났단 말이오?

폴리　　아, 어제 꿈을 꾸었어요. 창을 통해 밖을 보고 있는
데, 골목에서 웃음소리가 들렸어요. 쳐다보니 우리
의 달이 보였지요. 달은 마치 이미 닳아 버린 일 페
니 마냥 아주 보잘것없더군요. 잊지 말아요, 맥. 낯
선 도시에서도.

맥　　　물론 잊지 않을 것이오. 키스해 주오, 폴리.

폴리　　안녕, 맥.

맥　　　안녕, 폴리. (퇴장)

폴리　　(혼자서) 다시 못 올 거야.

종소리가 울리기 시작한다.

폴리   이제 여왕이 이곳 런던에 입성하고 있나 보군. 대관
           식 날에 우리는 어디에 있을까!

⟨성적 예속에 관한 발라드⟩

피첨 부인이 선술집 제니와 함께 막 앞에 나선다.

피첨 부인   며칠 이내에 매키 매서를 보거든 가장 가까운 경관
           에게 달려가 신고하시오. 그 대가로 10실링을 받으
           리다.

제니   경찰이 그 사람을 뒤따르고 있는데 우리 앞에 나타
           날까요? 추적이 시작되면 우리와 시간을 보내지 않
           을 텐데요.

피첨 부인   제니, 두고 보시오. 매키스는 런던 전체가 그를 추적
           한다 해도 하던 버릇을 포기하지 못하는 남자라우.
           (그녀가 노래한다.)
           여기 사탄 그 자체라고 할 만한 사람이 있어요.
           도살자가 바로 그놈이죠. 다른 모든 이들은 송아지
           고요!
           파렴치하기 그지없는 개! 천하에 못된 포주!
           모두를 없애는 그놈을 누가 없앨까요? — 바로 여

자들.

자신이 원할 때나 원치 않을 때나 준비되어 있는 놈.

그런 것을 성적 예속이라고 하죠.

성경은 무시해 버리고, 민법전을 보곤 비웃지요.

스스로 최고의 이기주의자라고 생각하는 자.

계집을 보면 자리를 바꾸는 자.

그래서 가까이엔 어떤 계집도 두지 않죠.

낮에 했던 일 밤이 되면 잊어버리는 자

밤이 되기도 전, 다시 저기 위에 누워 있군요.

여러 사내들이 그렇게 죽는 여러 사내들을 보았죠.

대단한 학자도 창녀에게 빠졌구려!

그들이 결심하였던 것을 주시하였던 사람들 — 창

녀들.

그들이 죽었을 때 누가 묻어주었나요? — 창녀들.

원하든, 원치 않든 준비되어 있는 놈들.

그런 것을 성적 예속이라고 하죠.

성경을 존중하고, 민법전을 개선하는 자.

기독교도이고, 유태인이며, 무정부주의자!

정오엔 샐러드를 안 먹으려 애쓰고

오후엔 생각에 빠져 있죠.

밤이 되면 나와 위로 가자하며
밤이 되기도 전 다시 저기 위에 누워 있죠.

5장

창녀들의 집.

대관식 종소리가 아직 울리지 않았다. 매키 매서는 턴브리지 창녀들
집에 앉아 있다. 창녀들이 그를 배신한다. 때는 목요일 저녁이다.

턴브리지에 있는 창녀들의 집.

평범한 오후. 대부분 속옷차림의 창녀들이 빨랫감을 다림질하
고, 분쇄기를 돌리고, 몸을 씻고 있다. 즉 시민적인 목가적 장면
이다.[7]

갈고리 손가락 제이콥이 신문을 읽는다. 아무도 그에게 관심을
두고 있지 않다. 그는 다른 이들과 조화를 이루지 못하고 있다.

---

7) 이 여인네들은 자신들의 생산수단을 방해받지 않고 소유하고 있다. 바로 이런 이유
로 인해 그녀들이 자유롭다는 인상을 일으켜서는 안 된다. 그녀들에게 민주주의는
자유를 포함하고 있지 않다. 민주주의는 생산수단이 강탈될 수 있는 모두에게 자유
를 주고 있는 것이지만.

제이콥   (휴지) 오늘 그는 오지 않을 걸.

창녀   그래요?

제이콥   더 이상 오지 못할 거야.

창녀   그것 참 유감이로군요.

제이콥   유감이라고? 내가 알기론 이미 시 경계선을 넘어섰
        을 거야. 이번에 달아났다는 말이지.

    매키스 등장, 못에 모자를 걸고 탁자 뒤에 있는 소파에 앉는
다.

맥   내 커피!

비센   (당황해 하며) 내 커피요!

제이콥   (깜짝 놀라) 왜 하이게이트에 가지 않았습니까?

맥   그런 중요치도 않은 일로 내 습관을 버릴 순 없는
        일이지. (고소장을 땅에 내던진다.) 게다가 비도 내리고.

제니   (고소장을 읽는다.) 세 번의 ……을 이유로 왕의 이름
        하에 매키스 대위를 기소합니다.

제이콥   (고소장을 그녀에게서 빼앗는다.) 여기 나도 나옵니까?

맥   물론, 모두들 포함되지!

제니   (다른 창녀에게) 봐, 이게 고소장이래. (휴지) 맥, 당신
        손 좀 보여 주세요.

다른 손으로 커피를 마시면서 손을 내민다.

돌리   야, 제니, 이 사람 손금 좀 봐 줘. 잘 보잖아. (석유램
       프를 들어준다.)

맥   유산은 많은가?

제니   아니요, 유산은 많지 않습니다!

베티   왜 그렇게 쳐다봐, 제니. 등골이 오싹해지잖아.

맥   곧 먼 여행이라도?

제니   아니요, 먼 곳으로의 여행은 없습니다.

비센   뭐가 보이는데?

맥   제발 좋은 것만, 나쁜 것은 그만두고.

제니   아, 이게 뭐람. 좁다란 어둠에다 빛이 거의 없네. 그
       런 다음 대문자 L, 말하자면 여자의 계략(List)이 보
       이고, 그 다음 보이는 것은……

맥   잠깐. 좁다란 어둠과 계략에 대한 실례를 상세하게
       알고 싶네. 가령 계략의 여자 이름 말일세.

제니   J로 시작한다는 것만 보입니다.

맥   그렇다면 틀렸어. 그 이름은 P로 시작하거든.

제니   맥, 웨스트민스터의 대관식 종이 울리면 당신에게
       어려운 시간이 찾아오겠어요!

맥   더 말해보게!

제이콥	(요란하게 웃는다.)
맥	왜 그러는가? (제이콥 쪽으로 달려가 그 자신도 읽는다.)
	가짜네. 셋밖에 아니었어.
제이콥	(웃는다.) 그래요!
맥	옷이 멋진데.
창녀	나서부터 죽을 때까지, 우선이 옷이죠!
늙은 창녀	저는 결단코 비단은 이용하지 않아요. 남자들이 곧
	바로 병에 걸린다고 생각하거든요.

제니가 몰래 문으로 빠져 나간다.

두 번째 창녀	(제니에게) 어디 가는 거야, 제니?
제니	모두 곧 알게 될걸. (퇴장)
몰리	집에서 만든 아마 천도 겁먹게 하더군요.
늙은 창녀	내 경우엔 아주 성공적이었는데.
비센	남자들이 집에서 마냥 편안하게 느끼죠.
맥	(베티에게) 자네는 아직도 검은 레이스 달린 것을 입
	고 있나?
베티	여전히 입고 있죠.
맥	자네는 어떤 것을 입지?
두 번째 창녀	그러시면 곧 부끄러워집니다. 그렇지만 아무도 제

방엔 갈 수는 없어요. 제 아줌마가 너무 색광이거든
요. 집안으로 들어서면 전 아무 것도 걸치지 않아요.

제이콥   (웃는다.)

맥   다 읽었나?

제이콥   아니오, 막 강간 부분을 보고 있습니다.

맥   (다시 소파로 간다.) 대체 제니는 어디 있어? 숙녀 여
러분, 나의 별이 이 도시 위로 뜨기 오래 전에······

비센   나의 별이 이 도시 위로 뜨기 오래 전에······.

맥   ······숙녀 여러분, 나는 매우 궁핍한 상황에서 여러
분 중의 한 명과 살았다오. 오늘날 매키 매서가 되
었소만 이 행운 가운데서도 나의 어려웠던 시절의
반려자들을 결코 잊진 않을 것이오. 그 중에서 나를
가장 사랑한 제니를 결코 잊지 않을 것이라오. 주목
해 보시오!

맥이 노래하는 동안 창문 앞 오른쪽에 제니가 서있다. 그녀가
경관 스미스에게 손짓을 한다. 곧 이어 피첨 부인이 그녀에게 다
가온다. 등불 아래 셋이 서 있고, 왼쪽을 쳐다본다.

〈포주의 발라드〉

1

맥   이제는 지나버린 시절

우리, 그녀와 나는 함께 살았지요.

그래요, 나의 머리와 그녀의 배로

나는 그녀를 지켰고, 그녀는 나를 먹여 살렸지요.

다르게도 살지만, 그렇게도 사는 법.

손님이 오면 나는 침대에서 기어 나와

버찌로 나를 누르고, 편안해졌지요.

손님이 돈을 지불하면, 주인님이라 했고

다시 와 주신다면 — 환영합니다, 라고 했지요.

그렇게 우리는 꼬박 반년을 지냈어요.

우리가 살림을 차렸던 유곽에서.

문에 제니 등장, 그녀 뒤로 스미스 등장.

2

제니   이제는 지나버린 시절

그는 여러 번 나를 잘 지탱해 주었지요.

돈이 없으면 그는 나를 야단쳤지만.

바로 야, 너의 속옷을 저당 잡히라고 했죠.

아주 좋은 속옷이었어요, 하지만 없어도 괜찮은 것
이었죠.

그런데도 화가 치밀었어요, 왜 그랬을까요!

종종 그의 말에 맞서 대들곤 했죠.

그러면 이 하나가 빠지도록 후려 갈겼어요.

그 뒤로 종종 병을 앓곤 했죠!

둘 다   그 반년 동안은 정말 좋았어요.

우리가 살림을 차렸던 유곽에서.

3

함께, 그리고 번갈아가며 노래한다.

둘 다   이제는 지나버린 시절[8]

맥   그 시절은 지금처럼 아주 암울한 것은 아니었지요.

---

8) 단말마를 표현하는 데는 전혀 장애를 느끼지 않는 매키스의 연기자가 일반적으로
여기 이 세 번째 구절을 노래하는 데서는 거부감을 표현한다. 이 구절이 성적인 것
의 비극적인 표현이라는 것은 자명하다. 하지만 우리 시대의 성적인 것이 희극적인
것의 범위에 속한다는 사실은 의심할 바 없다. 성적 삶은 사회적 삶과 모순 관계에
있기 때문이다. 그러한 모순이 역사적이라는 이유, 다시 말해 다른 사회질서를 통
해 해결될 수 있다는 이유 때문에 희극적이다. 연기자는 그러한 발라드를 희극적으
로 표현해야 한다. 무대에서 성적 삶에 대한 표현은 매우 중요하다. 그 표현에서 항
상 원초적 유물론이 등장하기 때문이다. 모든 사회적 상부구조의 인위성과 무상함
도 분명해질 수 있다.

제니	우리가 낮에만 함께 누워 있었지만
맥	그녀가 밤엔 대개 예약되어 있었기 때문에!
	밤에는 보통 그러했지만, 낮에도 예약되곤 했죠!
제니	그 당시 한 번은 죽음을 맛보기도 했어요.
맥	내가 그녀 아래에 눕기로 했죠.
제니	모태에 있는 아이를 누르지 않기 위해.
맥	하지만 수포가 될 운명이었죠.
	그리고 반년도 지나버렸어요.
	우리가 살림을 차렸던 유곽에서

춤. 맥이 칼 지팡이를 갖고 있고, 제니가 그에게 모자를 건네
준다. 그가 춤을 추고 있을 때 스미스가 그의 어깨에 손을 올려놓
는다.

스미스	자, 이제 출발해 볼까!
맥	이 진창엔 아직도 출구가 하나뿐이던가?

스미스가 매키스에게 수갑을 채우려고 한다. 맥이 스미스의
가슴을 친다. 그가 휘청거리는 사이 창문을 뛰어 넘는다. 창문 앞
에는 피첨 부인이 경찰들과 함께 서있다.

맥   (체포되었고, 대단히 공손해진다.) 부인, 남편은 어떻게
                지내시오?

피첨 부인   경애하는 매키스씨. 내 남편 왈, 세계사에서 가장
                위대한 영웅들은 이 작은 문턱에서 실족했다고 하
                더군요. 이제 여기에서 매력적인 여자들과 작별해
                야 하시다니 섭섭하시겠구려! 여보시오. 경찰관 나
                리. 이 분을 새 집으로 인도하셔야죠. (그를 끌고 간
                다. 창 너머로) 숙녀 여러분, 이 사람을 방문하려거든
                언제나 편안하게 만나시구려. 그는 지금부터 올드
                베일리에 산답니다. 창녀 집에서 빈둥거리고 있을
                줄 알아봤다니까. 계산하리다. 잘 있으시오. 숙녀
                여러분. (퇴장)

제니   이봐요, 제이콥. 문제가 생겼어요.

제이콥   (큰 소리로 읽다가 아무 것도 눈치 채지 못하고 있다.) 맥은
                어디 있지?

제니   경찰이 왔었단 말이에요!

제이콥   맙소사. 읽고, 읽고, 읽고만 있다니. 이봐, 이봐, 이
                보게! (퇴장)

6장

감옥.

창녀들에게 배신당한 매키스가 다른 여자의 사랑으로 감옥에서 벗어
난다.

올드 베일리 감옥, 한 감방.

브라운 등장.

브라운   내 부하들이 체포하지 않았어야 하는데! 주여, 그가
        하이게이트 늪지를 벗어나 그의 재키를 생각하길
        바랍니다. 그런데 너무 경솔한 녀석이란 말이야.
        대단한 사내들이란 모두 그렇지. 내 부하들이 지금
        여기로 끌고 들어와, 그가 나를 신뢰어린 친구의 눈
        빛으로 쳐다보기라도 한다면 견디기 힘들 텐데. 달
        이라도 비추고 있으니 다행이로군. 지금 늪을 지나
        고 있다면 말에서 내려 방향을 잃지는 않겠어. (뒤에
        서 소란) 무슨 일이지? 오, 주여, 저기 부하들이 그를
        데려오고 있군요.

맥   (두꺼운 오랏줄에 묶여, 여섯 명의 경관에 둘러싸여, 당당한

태도로 들어선다.) 야, 이 멍청이들아, 다행히도 이제
우리의 옛 빌라에 도착했구면. (감방의 가장 뒤편 구석
으로 달아나고 있는 브라운을 알아본다.)

브라운   (긴 휴지 후, 그의 유일한 친구의 공포어린 눈길을 피하지 못
하고) 아, 맥, 내가 그렇게 한 것은 아니네……. 백방
으로 노력했네만. 그렇게 보지 말게. 맥…… 견딜
수가 없다네……. 자네 침묵도 두렵네……. (한 경관
을 큰 소리로 부른다.) 야, 개새끼야, 오랏줄로 끌면 어
떡해. 말 좀 하게, 맥. 자네의 가련한 재키에게 뭐라
고 좀 하게……. 이 암담한…… 친구에게 한 마디라
도 하게나……. (자신의 머리를 벽에 대고 운다.) 한마디
도 할 가치가 없는 놈으로 보는군. (퇴장)

맥   저 가련한 브라운 좀 보소. 정말 양심의 가책을 받
는군. 저런 것이 최고의 경시청장이란 건가. 큰소
리치지 않기를 잘했어. 처음엔 그럴까도 생각했었
지. 하지만 적시에 깊고, 비난어린 눈길이 아주 다
른 방식으로 그의 등골을 오싹하게 하리란 생각이
들었지. 그게 효과가 컸군. 쳐다만 봐도, 비통하게
울다니. 성경에서 이런 속임수를 찾아냈지.

수갑을 든 스미스 등장

맥   교도관님, 이것이 당신이 가지고 있는 것 중에서 가
장 무거운 것이오? 자애로운 양해로 좀 편안한 것
을 요구해도 되겠는지요. (그가 수표를 꺼낸다.)

스미스   그런데. 대위, 여기에 모든 가격대가 준비되어 있
네. 중요한 것은 얼마나 투자하느냐에 달렸지. 1기
니에서 10기니까지.

맥   수갑을 차지 않아도 되는 가격은 얼마요?

스미스   50기니네.

맥   (수표를 발행한다.) 그런데 최악의 사태는 이제 루시와
의 일이 알려지는 것이로군. 등 뒤에서 자기 딸과
뭔가를 했다는 사실을 알게 되면 브라운은 호랑이
로 변하고 말 텐데.

스미스   어떤 삶을 살 것인가는 자신에게 달려 있지.

맥   그 미친년이 아마도 밖에서 기다리고 있을 거야. 사
형 집행 될 때까지 멋진 날들이 지속되겠군.

    노래를 위한 조명. 판때기에 다음과 같은 제목이 적혀있다 :
'안락한 삶에 관한 발라드'

맥   신사 여러분, 이제 스스로 판단해 보실까요, 이게
삶인가요?

그 어디에도 저를 위한 것은 아무것도 없어요.

아이였을 때 소름이 돋도록 듣게 되었죠.

부유한 사람만이 안락하게 산다!는 것을

〈안락한 삶에 관한 발라드〉[9]

1

맥   사람들은 위대한 정신의 삶을 찬양하죠.

그런 삶이란 책에나 있지, 위장과는 무관한 것.

쥐들이 갉아대는 오두막에서

풀죽으로 나를 괴롭히지 마오!

좋아하는 사람들이나 그런 소박한 삶을 살라지요!

(우리끼리 이야긴데) 그런 삶 저는 질렸거든요.

여기에서 바빌론까지 그 어떤 작은 새라도

그런 먹이론 단 하루도 견디지 못하죠.

자유가 무슨 소용? 편안하지 않은데.

부유한 사람만이 안락하게 사는 법!

---

9) 안락한 삶에 관한 발라드. 이 발라드는 서푼짜리 오페라의 다른 발라드들과 마찬가
  지로 암머(K. L. Ammer)가 번역한 프랑소아 비용(François Villon)의 시 몇 구절
  이 포함되어 있다. 배우들은 암머의 번역을 검토하는 일이 필요하다. 그럼으로써
  노래를 위한 발라드와 독서를 위한 발라드 간의 차이가 어떤지를 알게 된다.

2

천성이 대담한 모험가들
그들의 욕망은 큰 모험을 감행하고
언제나 자유로우며, 진리를 말하죠.
속물들은 거기에서 뭔가 대담한 것을 읽어내는데
그 속물들을 보세요. 저녁이면 얼마나 추위에 떠는
지.
벙어리가 된 채 냉정한 아내와 잠자리에 드네요.
그리곤 누구도 찬동하지 않고, 전혀 이해하지 못하
는지 귀 기울이며
절망적으로 서기 5000년이나 멍하니 응시하죠.
이제 그게 좋으세요, 라고만 물어볼까요?
부유한 사람만이 안락하게 사는 법!

3

제 자신이라도 위대하고 고독하다면
어쨌든 저라도 이해할 수 있으련만
그런 사람을 제 가까이에서 보았기에
그런 건 포기해야 한다고 다짐하죠.
가난은 현명함 이외에도 불만을 야기하는 것.
대담함은 명예 이외에도 비참한 노고를 야기하는

것.

이제 당신은 가난하고, 외롭고, 현명하고, 대담해요.

이제 위대함과는 작별을 고하세요.

그러면 행복의 문제는 저절로 해결되는 법이니 :

부유한 사람만이 안락하게 사는 법!

루시 등장.

루시   이 비열한 자식, 너, 내 얼굴 볼 수 있겠어? 우리 사
       이에 있었던 모든 일을 생각해 본다면.

맥   루시, 당신은 감정도 없소? 이런 곳에서 당신 남편
       을 보면서도!

루시   내 남편! 이 짐승 같은 놈아! 내가 피첨 계집과의 일
       을 모르는 줄 아시는군! 눈알을 빼 줄까!

맥   루시, 진정이시오? 당신 그렇게 바보 아니잖소. 폴
       리한테 질투하는 것이요?

루시   그 여자와 결혼하지 않았다고, 이 짐승아?

맥   결혼했소! 그렇다고 칩시다. 나는 그 집과 교류를
       하고 있는 것이오. 그 여자와 말도 주고받고. 넘겨
       주고, 일종의 입맞춤도 하지. 그러면 멍청한 여자
       는 주변에다 대고 나와 결혼했다고 여기저기 떠벌

리고 다니는 것이오. 당신만 안심시킬 수 있다면 뭐
든지 하겠소. 만약 당신이 나와 결혼해야 안심하겠
다면. 신사가 무슨 말을 더 할 수 있겠소? 더 이상
할 말이 없구려.

루시   오, 맥, 하지만 저는 얌전한 여자가 될 거예요.

맥   나와 결혼을 해야 그렇게 된다고 생각한다면 — 좋
아. 신사가 무슨 말을 더 하겠소? 더 할 말이 없소!

폴리 등장.

폴리   제 남편은 어디에 있죠? 오, 맥, 당신 여기 있군요.
피하지 말아요. 제 앞에서 부끄러워할 필요 없어
요. 나는 당신 아내니까요.

루시   오, 이 비열한 놈.

폴리   오, 맥이 감옥에 있다니! 당신 왜 하이게이트 늪지
를 넘어가지 않았어요? 더 이상 계집들한테 안 가
겠다고 해 놓고선. 그 여자들이 신고하리란 것을 알
고 있었단 말이에요. 그런데 당신을 믿어서 아무 말
도 하지 않았던 것인데. 맥, 목숨이 끝날 때까지 제
곁에 있어요. 말씀도 없으시고, 맥, 눈길도 주지 않
네. 오, 맥, 바로 눈앞에서 이런 당신을 보며 괴로워

하는 당신 폴리를 생각해 봐요.

루시 뭐야, 이 악당같은 놈아.

폴리 뭐라고 하시는 거죠? 맥, 대체 이 사람은 누구예
요? 제가 누구인지 저 여자에게 말해줘요. 제가 당
신의 아내라고 저 여자에게 말하세요. 제발. 당신
아내 아닌가요? 절 봐요. 제가 당신 아내 아니냐고
요?

루시 음탕한 룸펜 같은 놈. 두 명의 아내를 갖고 있어, 이
괴물 같은 놈아?

폴리 말해줘요, 맥. 제가 당신 아내 아닌가요? 제가 당
신 위해 모든 것을 하지 않았던가요? 저는 순결한
상태로 결혼했어요. 당신도 알죠. 갱단들도 저한테
넘기셨잖아요. 그리고 약속한 대로 모두 그렇게 하
고 있단 말이에요. 제이콥은 그렇게 이행해야 한다
고 했죠…….

맥 두 사람이 2분만 입을 다물고 있으면, 모든 것이 해
명되리다.

루시 못 하겠다. 입을 다물 수가 없고, 참을 수 없어. 인
간이 어떻게 참을 수 있겠어.

폴리 네, 아가씨, 물론 아내가 이런 경우 —

루시 아내라고!

폴리   아내가 물론 자연히 우선권을 갖지요. 안 되셨군
       요. 아가씨, 최소한 외적으로 판단해 볼 때, 너무 복
       잡해 사람이 미칠 지경이군요.

루시   복잡하다고, 좋아. 당신이 찾아낸 게 대체 뭐요? 이
       더러운 풋과일! 이 여자가 당신의 큰 획득물이로군
       요! 이 여자가 소호의 미녀란 말이요!

〈질투의 이중창〉

1

루시   나와 보렴, 소호의 미인아!
       너의 멋진 다리를 보여 봐!
       멋진 게 뭔지 보고 싶군.
       너처럼 멋진 다리는 없단 말이지!
       나의 맥에게 그런 인상을 주었다지!

폴리   내가 그랬다고, 내가 그랬어?

루시   야, 정말 우습구나.

폴리   우습다고, 우습단 말야?

루시   하, 우스워?

폴리   그래, 우스워?

루시   맥이 너를 손톱만치라도 좋아한다면!

폴리   맥이 나를 손톱만치라도 좋아한다면.

루시   하, 하, 하! 저런 인간한테 아무도 관심 없지.

둘 다   그래, 한 번 두고 보자.

그래, 한 번 두고 보잔 말이야!

매키와 나, 우리는 비둘기처럼 살았지요.

그는 나만을 사랑하고, 아무도 그 사랑 빼앗도록 두지 않아.

내 자유인 걸.

그런 짐승 같은 게 나타난다 해도!

우리 사랑은 끝날 수 없어.

이 시시한 것아!

2

폴리   아, 사람들은 나를 소호의 미인이라 하네.

제 다리가 아주 예쁘다고 말하죠.

루시   너도 그렇게 생각하는 거냐?

폴리   사람들은 예쁜 것을 보려고 해요.

저렇게 예쁜 것은 더 없을 거라고 하죠.

루시   이 쓰레기 같은 년!

폴리   너야말로 쓰레기 같은 년!

내가 내 남편에게 그런 인상을 주었다고.

루시   그랬지? 그랬을 테지?

폴리   야, 웃음밖에 안 나오는군.

루시   그럴 수 있을까? 그럴 수 있어?

폴리   우습겠지!

루시   그래, 우습다!

폴리   아무도 나한테 관심이 없다면.

루시   아무도 너한테 관심이 없다면.

폴리   그런 여자에게 아무도 관심이 없다고 그렇게 생각
하시나?

루시   그래, 두고 보자고.

폴리   그래, 두고 보자고.

루시   그래, 두고 보자고.

둘 다   매키와 나, 우리는 비둘기처럼 살았지요.

그는 나만을 사랑하고, 아무도 그 사랑 빼앗도록 안
돼.

내 자유인걸.

그런 짐승 같은 게 나타난다 해도!

우리 사랑은 끝날 수 없지.

이 시시한 것아!

매키스   자, 사랑하는 루시, 안심되시오, 어떻소? 전적으로

폴리의 계략일 뿐이오. 당신과 나를 떼어놓고 싶은 것이지. 내가 교수형을 당하면 이 여자는 기꺼이 나의 미망인으로 행세하고픈 거라오. 그렇죠, 폴리, 그런데 아직 적합한 순간이 아니군요.

폴리 당신 절 부정할 생각이신가요?

매키스 계속 내가 결혼했다고 지껄이겠소? 왜 그러시오, 폴리. 당신 불행을 더 크게 해야 만 되겠소. (나무라면서 고개를 흔든다.) 폴리, 폴리!

루시 맞아요, 피첨 양, 스스로 벌거벗는 것에 지나지 않아요. 그것은 그만두고라도 이런 상황에 빠진 사람을 그토록 자극하다니 지독한 사람이군요!

폴리 친애하는 아가씨, 당신은 가장 단순한 예절의 규칙이라도 배워야 하지 않겠어요. 자기 아내와 대면하고 있는 남자에게 좀 더 자제력을 갖고 대할 줄 알아야지요.

매키스 폴리, 장난치지 마시오. 정말 농담이 지나치시군요.

루시 존경하는 부인, 당신이 이곳 감옥에서 소동을 일으키실 양이면 교도관을 부르는 수밖에 없군요. 그가 당신이 나갈 곳을 알려 주리다. 안됐습니다만, 존경하는 부인.

폴리	아내! 아내! 아내란 말이요! 관대한 아가씨. 이것만 말해 두지요. 당신의 이런 태도는 당신에게 전혀 어울리지 않아요. 남편 곁에 머물러 있는 것은 나의 의무지요.
루시	뭐라고 지껄이는 거야? 뭐라고? 대체 가려고 하질 않네! 서서, 내쫓길 망정 가지는 않겠다! 확실히 해야겠냐?
폴리	너 — 이제 그 더러운 입 좀 닥치지. 이 걸레 같은 년아. 닥치지 않으면 주둥이를 가만 두지 않겠어. 관대한 아가씨!
루시	내쫓기게 될 걸. 쓰레기 같은 년아! 분명히 해야만 되겠군. 점잖은 태도로는 통하질 않아.
폴리	점잖은 태도! 오, 내 품위만 손상되는구나! 내가 너무 선한 탓이야…… 사실. (울부짖는다.)
루시	자, 내 배 좀 쳐다봐라, 이 칠칠치 못한 년아! 이것이 그냥 생기겠냐? 눈도 없어, 응?
폴리	뭐야, 그렇구먼! 임신하셨다! 그것으로 자심감이 넘치신다? 배에 태우지 말았어야지, 이 얌전한 아가씨야!
매키스	폴리!
폴리	(울면서) 이건 정말로 지나치군요. 맥, 그런 일은 없

었어야죠. 어떻게 해야 할지 모르겠어요.

피첨 부인 등장.

피첨 부인 짐작했다니까. 이놈 곁에 있을 줄. 이 쓰레기 같은
년아, 빨리 나오지 못해. 네년 사내가 목매달면 너
도 같이 목매달겠구나. 그런 일은 너를 감옥에서 꺼
내야 하는 공경해 마땅한 네 어미한테나 해야 할 것
아니냐. 동시에 둘씩이나 갖고 있으시다 — 네로 같
은 놈!

폴리 가만히 놔둬요. 제발, 엄마. 엄마는 알지도 못하면
서…….

피첨 부인 집으로 가, 빨리.

루시 그 말 들으시죠. 당신 자리가 어딘지 당신 어머니가
알려주시는구먼.

피첨 부인 가자.

폴리 곧 갈게요. 다만 아직…… 아직 그에게 할 말이 있
단 말이에요……. 정말로…… 매우 중요한 일인데.

피첨 부인 (딸의 따귀를 때린다.) 그래, 이것도 중요하다, 가자!

폴리 오, 맥. (끌려간다.)

맥 루시, 당신 행동 훌륭했소. 그 여자한테 동정심을

갖고 있는 건 사실이오. 그래서 해줘야 하는 대로 그대로 표현할 수가 없었던 것이오. 처음엔 그 여자가 말하는 것에 뭔가 진실이 있다고 생각했을 것이오. 그렇지?

루시   그랬어요, 여보.

맥   만약 그렇다면 그 여자 어머니가 나를 이 지경으로 만들었겠소. 그 여자가 나에게 얼마나 악담을 퍼붓는지 들었을 것이오. 기껏해야 유혹자에게나 하는 행동이지, 어머니가 사위한테 그렇게 하지는 못할 것이오.

루시   당신이 진심으로 말해주니 기뻐요. 당신이 다른 여자 품에 있는 것보다 차라리 교수대에 매달려 있는 걸 보는 게 더 나을 정도로 당신을 사랑해요. 이상한 일이죠?

맥   루시, 내 삶을 당신에게 맡기고 싶소.

루시   어쩜 그런 멋진 말을 하세요. 다시 한 번 말해 봐요.

맥   루시, 내 삶을 당신에게 맡기고 싶소.

루시   당신과 내가 도망이라도 하자는 거예요, 여보?

맥   그렇소. 다만 우리가 함께 도망치면 숨는 일이 문제요. 더 이상 찾지 않으면 곧 데려오도록 하리다. 그것도 속달로 말이요, 이해할 수 있을 것이요!

루시   어떻게 도와야 하죠?

맥   모자와 지팡이를 가져오시오!

    루시가 모자와 지팡이를 가져와 그의 감옥 안으로 그것을 던져 준다.

맥   루시, 당신이 품고 있는 우리의 사랑의 결실이 영원히 우리를 연결시켜 주리다.

    루시 퇴장.

스미스   (등장한다. 감방으로 가서 맥에게 말한다.) 지팡이 넘겨주시오.

    의자와 쇠막대기로 맥을 이리 저리 내모는 스미스의 작은 추적 후 맥이 창살을 뛰어 넘는다. 경관이 빠르게 그를 뒤따른다. 브라운 등장.

브라운   (목소리) 여보게, 맥! 맥, 제발, 대답하게. 나 재키라네. 맥, 제발, 괜찮으니, 대답 좀 하게. 더 이상 참지 못하겠네. (들어선다.) 맥! 뭐야? 도망갔어. 다행이다! (간이침대 위에 앉는다.)

피첨 (감옥 앞에 나타난다.) 여보시오! 매키스 씨 맞소? (브라운이 침묵한다.) 아, 그렇군! 다른 사람은 놀러간 것이요? 죄인을 방문하려고 여기에 온 사람입니다만. 저기 앉아 있는 사람은 브라운 씨. 타이거 브라운이 앉아 있구먼. 그의 친구 매키스가 앉아 있는 것이 아니라.

브라운 (신음하며) 이보시오, 피첨 씨. 이건 내 책임이 아니오.

피첨 물론 아니시겠죠. 왜 그렇게 하시겠어요. 당신이 몸소 그렇게 하실 리 만무한 일이죠. 그렇게 하실 경우 어떤 상황에 처할지 아실 텐데. 불가능한 일이죠. 브라운 씨.

브라운 피첨 씨. 어찌 해야 할지 모르겠소.

피첨 그러실 테죠. 끔찍한 일입니다.

브라운 네, 마비될 정도의 무력감이 드는군요. 그런 자식들은 원하는 대로 한다니까요. 끔찍해요. 끔찍합니다.

피첨 조금 누워있지 않겠습니까? 가만히 눈을 감고 아무 일도 없었던 듯 해 보세요. 아름답고, 푸르른 초원, 그 위로 흰 구름이 떠 있는 것을 생각해 보세요. 이 끔찍한 일을 머리에서 없애는 것이 중요하실 테니. 일어난 일들, 특히 앞으로 일어날 일들을.

브라운   (불안해져) 뭘 말하려는 것이요?

피첨   잘 견디십니다. 제가 당신 처지라면 그만 쓰러져, 침대로 기어들어가 뜨거운 차를 마실 것입니다. 누군가가 나의 이마에 손을 놓아주길 간절히 바라면서 말입니다.

브라운   제기랄, 놈이 달아나면 아무것도 할 수 없는 것이요. 경찰은 어쩌질 못하는 것이란 말이요.

피첨   그러세요, 경찰은 어쩌지 못하겠죠? 여기에서 매키스 씨를 다시 보게 되리란 생각은 안 하시는가 보죠?

브라운이 어깨를 움찔한다.

피첨   그러니 당신에게 앞으로 일어날 일은 끔찍하게도 부당하겠군요. 물론 사람들은 경찰이 그를 도망치게 하지 않았다고 말할 테지요. 아, 화려한 대관식, 아직 제가 그것을 보지도 못했는데.

브라운   무슨 말을 하려는 거요.

피첨   당신에게 역사적 사건 하나를 상기시켜 드려도 되겠는지요. 기원전 1400년 전 일이죠. 그 당시에는 큰 주목을 끌었지만 오늘날에는 거의 모두에게 잊혀진 상태지요. 이집트의 람세스 2세가 죽었을 때

입니다. 니비베 또는 카이로의 경찰총수는 극빈층
주민들에게 사소한 죄를 저질렀어요. 당시 그 결과
는 엄청난 것이었지요. 역사책에 쓰인 바에 따르면
세미라미스의 대관식 행렬이 "극빈층 주민들의 지
나치게 열정적인 참여로 인하여 일련의 대참사"로
이어졌답니다. 세미라미스가 경찰 총수에게 어찌
나 처참하게 하였는지 역사가들은 경악을 금치 못
합니다. 희미하게 기억할 뿐입니다만, 그의 가슴을
뜯었다는 뱀에 관한 언급이 있었지요.

브라운   정말이요?

피첨   주님이 당신과 함께 하시기를, 브라운 씨. (퇴장)

브라운   이제 단단한 주먹에 의지할 수밖에 없겠군. 다들,
회의실로, 비상!

막. 맥키스와 선술집 제니가 막 앞에 등장하여 노래를 위한 조
명 아래 다음과 같은 노래를 한다.

〈2. 서푼짜리 피날레〉

맥   신사 여러분, 당신들은 우리가 정직하게 살 수 있고
죄와 악행은 피할 수 있다고 가르치죠.

우선은 먹을 것을 주셔야죠.

그래야 말할 수 있는 것. 그 다음에야 그런 말이 시
작되는 것이죠.

당신들의 불룩한 배와 우리들의 정직함을 사랑하는
분들이여

이것만은 아셔야 해요.

당신들이 제 아무리 달리 표현한다 해도

우선은 먹는 것, 그 다음이 도덕이죠.

먹어야 가난한 사람들에게도 도덕이 가능한 것.

큼직한 **빵** 덩이에서 자기 몫을 잘라낼 수 있어야죠.

무대 뒤에서 대체 인간은 무엇으로 사나요?

맥   대체 인간은 무엇으로 사나요? 늘 사람들을

괴롭히고, 옷을 벗기고, 공격하고, 목 조르고, 처먹
으면서 살지요.

자신이 인간이다, 라는 것을 송두리째 잊어야만

살아갈 수 있는 것이죠.

합창   신사 여러분, 자만할 것 하나도 없어요.

인간은 악행으로써만 사니까요.

선술집 제니 당신들은 계집이 언제 치마를 들어올리고

두 눈을 언제 안쪽으로 돌리는지 저희에게 가르치
지요.

우선 당신들은 저희에게 먹을 것을 주셔야 해요.
그래야 말할 수 있는 것. 그 다음에야 그런 말이 시
작되는 거죠.
저희들의 수치심과 당신들의 쾌락을 주장하지만
이것만은 꼭 아셔야 해요.
당신들이 제 아무리 달리 표현한다 해도
우선은 먹는 것이 먼저고, 그 다음이 도덕이지요.
먹어야 가난한 사람들에게도 도덕이 가능하지요.
큼직한 빵 덩이에서 자기 몫을 잘라낼 수 있어야지
요.

무대 뒤에서 대체 인간은 무엇으로 사나요?

선술집 제니 대체 인간은 무엇으로 사나요? 늘 사람들을
괴롭히고, 옷 벗기고, 공격하고, 목 조르고, 먹으면
서 살지요.
자신이 인간이다, 라는 것을 송두리째 잊어야만
살아갈 수 있는 것이죠.

합창 신사 여러분, 자만할 것 하나도 없어요
인간은 악행으로만 사니까요!

막.

3막

7장

걸인 옷 의상실

같은 날 밤 피첨은 궐기대회 준비를 한다. 그는 궁핍한 상황을 보여
줌으로써 대관식을 방해할 작정이다.

피첨의 걸인 옷 의상실

걸인들이 "나의 눈을 왕에게 바쳤다" 따위의 표제를 단 판때기
에 칠을 하고 있다.

피첨　　신사 여러분, 이 시각 드루어리 레인에서부터 턴브
　　　　리지에 이르기까지 우리의 11개 지점 일천 사백 삼

십 이 명의 남자들이 여러분들과 마찬가지로 이 판
때기 작업을 하고 있습니다. 여왕의 대관식에 참석
하기 위해서지요.

피첨 부인 서두르시오, 서둘러요! 일하려 하지 않는다면 구걸
도 할 수 없소. 너는 맹인 행세를 하려 들면서 K자
도 제대로 쓰질 못해? 어린애의 필체여야지. 그것
은 노인 필체잖아.

북의 빠른 연타.

걸인 지금 무장을 한 대관식 경호대가 들어서고 있군. 군
대 생활에서 최고로 좋은 오늘 같은 날 저들이 우리
와 연관되리라고는 아직 짐작하지 못할 테지.

필치 (들어와 다음과 같이 알려 준다.) 밤을 지새우고 난 12명
의 암탉들이 총총걸음으로 도착했는데요. 피첨 부
인. 여기에서 받을 돈이 있다고 주장하는군요.

창녀들 등장.

제니 경애하는 부인—

피첨 부인 마치 홰에서 막 나온 닭 몰골들을 하고 있구먼. 자

네들의 매키스가 안겨준 돈 때문에 온 것인가 보네
만. 간단히 말해 줄 게 전혀 없네. 알겠는가, 내줄
것이 없단 말일세.

제니 통 무슨 말씀을 하시는지, 경애하는 부인?

피첨 부인 한밤중에 불쑥 찾아와도 된다든가. 점잖은 집에 새
벽 3시에 찾아와도 되느냐고 ! 매춘행위를 했으면
차라리 잠이나 푹 자둘 일이지. 마치 토해낸 우유
같은 꼬락서니들이구먼.

제니 그래서, 매키스 씨 체포를 위해 맺었던 계약상의 대
가를 받을 수 없다는 말씀이십니까, 경애하는 부
인?

피첨 부인 그런 말이네. 자네들이 받을 것이 무덤이라면 모를
까, 배반의 대가는 없다네.

제니 무슨 말씀이죠, 경애하는 부인?

피첨 부인 그 말끔한 매키스 씨가 다시 바람결에 흩어졌기 때
문일세. 그 때문이란 말일세. 이제 내 방에서 나가
주시겠나. 숙녀 여러분.

제니 믿을 수 없는 일이군요. 저희한테 이러시면 안 되지
요. 분명히 말씀드립니다만, 이래서는 안 되죠.

피첨 부인 필치, 이 숙녀 분들이 밖으로 안내해 주길 원하는가
보네.

필치가 숙녀들에게 다가가고, 제니가 그를 떠민다.

제니 더러운 주둥이 좀 닥쳐 주시겠소. 그렇지 않으면 무
슨 일이 발생할지 —

피첨 등장.

피첨 무슨 일이오, 당신 저 여자들에게 돈을 준 것은 아
니겠지. 숙녀 여러분, 대답 좀 해보겠소? 매키스 씨
는 감옥에 있습니까, 없습니까?

제니 매키스 씨와 저 좀 가만히 놔두시죠. 당신 같은 사
람은 그 사람과 비교 대상도 못됩니다. 어젯밤 저는
그 신사가 떠나가도록 그냥 놔두어야 했죠. 제가 그
신사를 당신에게 팔았다는 생각 때문에 베개 위에
서 눈물짓고 있었으니까요. 숙녀 여러분, 오늘 아
침에 있었던 일 어떻게 생각하시죠? 한 시간도 채
되기 전입니다. 저는 잠자리에서 울고 있었어요.
누군가 휘파람을 불더군요. 그 사람 때문에 울고 있
었는데 거리에 바로 그 남자가 서 있는 게 아니겠
어요. 자신에게 열쇠를 던져주길 바라면서 말이죠.
제가 그에게 하였던 나쁜 일을 제 품에서 잊게 해주

고자 했어요. 그 사람은 런던의 마지막 신사지요.
우리의 동료 수키 토드라이가 지금 여기에 오지 않
은 것도 그가 저를 떠나 그녀에게로 갔기 때문이지
요. 그녀라도 위로해 주려는 것이지요.

피첨 (혼잣말로) 수키 토드라이라고.

제니 자, 이제 당신 같은 사람은 그 사람과 비교도 안 된
다는 사실 아시겠지. 이 형편없는 염탐꾼 같으니!

피첨 필치, 빨리 가까운 경찰 초소로 달려가게. 매키스
가 수키 토드라이한테 머물고 있다네. (필치 퇴장)
그런데, 숙녀 여러분, 왜 우리가 다투고 있는 것이
오? 당연히 돈은 받으리다. 셀리아, 이 숙녀분들
께 여기에서 무례하게 굴지 말고, 가서 커피나 끓
이시오.

피첨 부인 (나가면서) 수키 토드라이!
여기 한 사람이 교수대 가까이에 다다랐군요.
그의 몸에 바를 석회도 사 놓은 상태.
그의 목숨이 경각에 달려 있군요.
하지만 그 사내의 머릿속엔 뭐가 있나? ― 바로 계집.
교수대 아래에서도 할 준비가 되어 있는 놈.
그런 것을 성적 예속이라 하죠.
하여간 온통 매각이 되어 버린 놈.

그 여자의 손아귀에서 배반의 대가를 보았던 것
계집의 구멍이 무덤 구덩이었다는 사실을
이제야 막 이해하기 시작했을 테죠.
격분한 나머지 미쳐 날 뛸지도 모를 일 ―
밤이 되기도 전 그 놈은 다시 올라타 있네.

피첨   서두르게, 서둘러. 내가 잠을 설쳐가며 어떻게 하
면 자네들의 가난에서 일 페니를 건져낼 것인가를
궁리해 내지 못했다면 아마도 자네들은 턴브리지의
하수구에서 썩어 문드러지고 말았을 것일세. 모든
부자들이 가난을 사주할 수는 있으되, 그것을 차마
볼 수는 없다는 사실을 내가 알아낸 것이라네. 그들
도 자네들과 마찬가지로 의지가 박약하고, 멍청이
들이기 때문이지. 평생 동안 먹고살 수 있는 재물을
갖고 있지. 탁자에서 떨어진 빵 부스러기까지도 기
름질 정도로 마룻바닥을 버터로 바를 수 있어. 하지
만 배가 고파 넘어지는 사람을 태연하게 바라볼 수
는 없는 것이거든. 물론 그 사람 집 앞에서 엎어져
야 하는 것이네만.

커피 잔이 가득 담긴 쟁반을 들고 있는 피첨 부인의 등장.

피첨 부인 내일 가게에 들러 돈을 가져가도 되겠네. 하지만 대
관식이 끝난 후일세.

제니 피첨 부인, 할 말을 없게 만드시는군요.

피첨 정렬, 우리는 한 시간 후에 버킹검 궁 앞에 모인다.
서두르게.

거지들의 정렬.

필치 (뛰어 들어온다.) 경찰입니다! 초소까지 가지도 못했
어요. 경찰이 벌써 와 있어요!

피첨 몸을 숨기게! (피첨 부인에게) 악단을 세우시오, 빨리.
위험하지 않다는 말을 들으면, 알겠소? 위험하지
않다 —

피첨 부인 위험하지 않다? 무슨 말인지 도대체 모르겠소.

피첨 물론 이해하지 못할 것이오. 자, 내가 위험하지 않
다고 말하면, (노크를 한다.) 다행이군. 위험하지 않다
는 암호라오. 이 말을 하면 자네들은 어떤 종류든
간에 음악을 연주하는 것이네. 자 준비!

피첨 부인이 거지들과 퇴장. "군사적 폭정의 희생자"라고 쓴
판때기를 든 여자를 제외하고 거지들이 옷걸이 대 뒤로 몸을 숨

긴다. 브라운과 경관들 등장.

브라운 자, 이제 강력하게 대응할 것이오. 거지 친구 양반.
바로 수갑을 채우게, 스미스. 아, 저기 매력적인 판
때기들 몇 개도 있군. (여자에게) "군사적 폭정의 희
생자" — 당신이 여기에 해당하는 것이오?

피첨 안녕하십니까, 브라운, 안녕하십니까. 잠은 잘 주
무셨나요?

브라운 뭐야?

피첨 안녕하십니까, 브라운.

브라운 나한테 그러시오? 우리 중에 한 사람을 알고 있는
것이오? 내가 당신을 아는 기쁨을 갖고 있다고 생
각하지 않소만.

피첨 그래요, 모르신다고요? 안녕하십니까, 브라운.

브라운 모자를 벗겨버리게.

스미스가 그렇게 한다.

피첨 브라운, 이제 피하실 수 없을 것입니다. 피하실 수
없지요. 브라운. 마침내 매키스를 철장에 가두라고
요구해도 되겠습니까.

브라운   이 사람이 미쳤나 보군. 웃지 말게, 스미스. 그 악당
이 런던에서 자유롭게 활보하는 일이 어떻게 가능
한 일인가, 스미스?

피첨   그 악당이 당신의 친구이기 때문이겠죠. 브라운.

브라운   누가?

피첨   매키 매서지요. 제가 아니고요. 저는 범법자가 아
닙니다. 저는 가난한 사람일 따름이죠. 브라운. 저
를 함부로 대해서는 안 됩니다. 당신은 당신 생애
에서 최악의 시간을 앞두고 있을 지도 모를 일입니
다만, 커피라도? (창녀들에게) 이보게들, 총경님께 한
모금이라도 드려야 하지 않겠나. 예절을 모르는 사
람들이구먼. 우리는 모든 것을 견뎌야 하는 법이
오. 법을 준수해야 한단 말이지요! 그런데 법이란
착취하기 위해서만 만들어진 것이지요. 법을 이해
하지 못하거나 너무 가난하여 법을 따를 수 없는 사
람들을 착취하기 위해서 말이요. 그런 착취를 통해
자신에게 할당되는 것을 분배받고자 하는 사람은
엄격하게 법을 준수해야 할 것이오.

브라운   그래, 우리의 재판관들이 매수될 수 있다고 생각하
는 것이오!

피첨   그 반대입니다. 선생님, 그 반대지요! 우리의 재판

관들은 결코 매수되지 않습니다. 법을 지키는 일에
어떤 액수로도 매수될 수 없지요!

두 번째 북소리

피첨   도열을 위해 군대가 행군하는군요. 30분 후면 가
       난한 자들 중에서도 극빈자들의 행군이 있을 것입
       니다.

브라운   그렇소, 그것이오. 피첨 씨. 30분 후면 가난한 자들
       중에서도 극빈자들의 행군이 올드 베일리 감옥, 겨
       울 막사로 향할 것이오. (경관들에게) 자, 여러분, 여
       기 있는 것들을 한 데 그러모으게. 여기 애국자들에
       게서 발견하는 모든 것들을 한 데 모으란 말이네.
       (걸인들에게) 너희들 타이거 브라운에 관하여 들은 적
       있을 테지? 피첨, 오늘밤 해결책을 찾아냈거든. 알
       려드리지. 한 친구를 생명의 위험에서 구출한 것이
       지. 당신 둥지를 온통 뒤질 것이란 말이오. 그런 후
       에 모두를 가둘 것이오. 무엇 때문, 무엇 때문이라
       고 할까? 그래, 거리 구걸 때문이오. 당신은 오늘
       나와 여왕에게 보내지 말아야 할 거지들을 보내겠
       다는 암시를 하였소. 그래서 걸인들을 체포하겠다

는 것이요. 당신 배워야겠는 걸.

피첨　　멋진 말씀이십니다. 한 가지만 ─ 어떤 거지들 말씀
　　　　이신지요?

브라운　여기 이 병신들이지 누구란 말이요. 스미스, 이 애
　　　　국자들을 바로 데려가게.

피첨　　브라운, 너무 서두르지 않도록 해드려야겠군요. 브
　　　　라운, 당신이 저희 집에 오신게 다행입니다. 브라
　　　　운. 물론 이 몇몇 사람들을 체포하실 수 있겠지요.
　　　　이들은 위험하지 않아요. 위험하지 않지요.

　　음악이 시작된다. 더구나 불충분함에 관한 노래의 몇 박자가
미리 연주된다.

브라운　뭐야?

피첨　　음악입니다. 저들이 할 수 있는 능력껏 연주하는군
　　　　요. 불충분함에 관한 노래입니다. 모르십니까? 좀
　　　　배우셔야겠네요.

　　노래를 위한 조명. 판때기에 다음과 같이 쓰여 있다 : "인간적
노력의 불충분함에 관한 노래"

〈인간적 노력의 불충분함에 관한 노래〉

피첨　　인간은 머리로 산다는데
　　　　머리는 인간에게 불충분한 것.
　　　　머리로만 살아 보세요, 당신 머리엔
　　　　기껏해야 이 한 마리가 살뿐이죠.

　　　　왜냐하면 이 지상의 삶에서
　　　　인간은 제대로 현명하지 못한 탓.
　　　　인간은 삶의 거짓과 기만을
　　　　결코 알아채지 못하죠.

　　　　그래, 한 가지 계획만 세워라.
　　　　오직 큰 빛이 되어라.
　　　　그런 후 두번째 계획도 세워라.
　　　　그 두 가지 다 이루어지지 않는 법.

　　　　왜냐하면 이 지상의 삶에서
　　　　인간은 제대로 나쁘지 않은 탓.
　　　　하지만 인간의 고상한 노력은
　　　　멋진 일.

그래, 오직 행복을 찾아서 뛰렴.

하지만 너무 뛰지는 말아.

모두가 행복을 찾아 뛰기 때문이지.

행운은 뒤따라오는 데.

왜냐하면 이 지상의 삶에서

인간은 제대로 욕심을 버리지 않은 탓.

그러므로 인간의 모든 노력은

자기기만에 불과한 것.

피첨 브라운, 당신 계획은 대단하십니다만 실행할 수가
없습니다. 여기에서 체포할 수 있는 사람은 몇몇 젊
은 사람들이지요. 이 사람들은 당신 여왕의 대관식
에 대한 기쁨으로 보잘것 없는 가장 무도회를 개최
하고자 합니다. 진짜로 궁핍한 사람들이 온다면 —
여기에는 한 사람도 없습니다만 — 수천 명이 올 것
입니다. 당신은 궁핍한 사람들의 그 엄청난 숫자를
잊으셨나보군요. 그들이 저기 교회 앞에 서 있는 일
은 축제다운 광경은 아닐 것입니다. 보기에 좋은 사
람들이 아니죠. 브라운, 문둥이들의 안면 단독이라
는 것을 아십니까? 지금 120명의 안면 단독을 보시

겠어요? 젊은 여왕은 안면 단독 위에서가 아니라, 장미 위에서 주무셔야겠지요. 게다가 교회 입구에 이 불구자들을 세워 볼까요. 브라운, 저희는 그런 일은 피하고자 합니다. 당신은 경찰이 저희 가난한 사람들을 잘 다룰 것으로 말씀하시는 것 같군요. 스스로 그렇게 믿는 것은 아니겠지요. 대관식을 기하여 600명이나 되는 가련한 병신들을 곤봉으로 때려눕힌다면 어떻게 보일까요? 좋아 보이진 않을 것입니다. 불쾌하겠지요. 역겨울 것입니다. 그 생각을 하면 맥이 쭉 빠집니다. 브라운. 작은 의자 하나 주시겠소.

브라운 (스미스에게) 협박을 하고 있군. 여보시오, 그건 공갈이라고 하는 것이요. 이자에게 피해를 입힐 수는 없겠어. 공공질서의 이익을 앞세워 이자에게 피해를 입힐 수가 없어. 이런 일은 일어난 적이 없는데.

피첨 하지만 지금 일어나고 있지 않습니까. 당신에게 말씀드려야 할 것이 있습니다. 영국 여왕에 대해서는 당신이 원하시는 행동을 취하실 수 있을 것입니다. 하지만 런던의 극빈자들을 억누를 수는 없을 것이오. 그렇게 한다면 당신은 끝장이지요. 브라운 씨.

브라운 그래서 매키 매서를 체포해야 한다는 것이요? 체포

라? 잘 말했소. 체포하려면 일단 대면해야 하는 것
아니겠소.

피첨   그렇게 말씀하신다면 논박하기가 어렵군요. 그렇
다면 제가 당신에게 그 사람을 조달해 드리지요. 그
렇지만 아직 도덕이라는 것이 존재하는지 알고 싶
군요. 제니, 매키스 씨는 어디에 있소?

제니   옥스퍼드 가 21번지, 수키 토드라이 집에 있지요.

브라운   스미스, 즉시 옥스퍼드 가 21번지, 수키 토드라이
집으로 가게. 매키스를 체포하여 올드 베일리로 데
리고 오게. 그 사이에 나는 예복을 입어야겠네. 이
런 날 나는 예복을 입어야만 하거든.

피첨   브라운, 그 자가 6시 정각에 교수형에 처해지지 않
는다면 ―

브라운   오, 맥, 문제로구먼. (경관과 함께 퇴장)

피첨   (뒤에서 부르면서) 당신 좀 배우셨소, 브라운!

세 번째 북소리

세 번째 북소리. 출발계획의 재정립. 새로운 방향 : 올드 베일
리 감옥. 행진.

거지들 퇴장.

인간은 전혀 착하지 않아.
그러니까 그 녀석 모자를 내던져 버리게.
그 녀석 모자를 내던져 버렸나.
아마 이제 착해질 것이네.

왜냐하면 이 세상의 삶에서.
인간은 제대로 착하지 않은 탓.
그러니까 내던져 버리게.
가만히 모자를.

막. 막 앞에 제니가 손풍금을 가지고 나타나 다음과 같은 노래
를 한다.

〈솔로몬 노래〉

제니   여러분, 현명한 솔로몬을 아시죠.
그에게 어떤 일이 있었는지도 아실 테죠.
그 사람에게는 모든 것이 명명백백하였죠.
그런데도 자신의 탄생을 저주하였지요.

모든 것이 허무하다는 것을 알았던 것이죠.
솔로몬은 얼마나 위대하고 현명하였던가!
아직 밤이 오기도 전이었는데
허나 세상은 벌써 그 귀결을 알아 버렸지요.
현명함이 그를 그렇게 만들었다는 것을
현명치 못한 사람이 부러워라!

여러분, 아름다운 클레오파트라를 아시죠.
그녀에게 무슨 일이 있었는지도 아실 테죠!
두 명의 황제가 그녀를 강탈하였지요.
죽을 지경에 이르도록 간음을 당하였고.
시들어 갔으며, 먼지가 되었죠.
바빌론은 얼마나 아름답고, 위대하였던가!
밤이 되기도 전이었는데
허나 세상은 벌써 그 귀결을 알아 버렸지요.
아름다움이 그녀를 그렇게 만들었다는 것을
아름답지 않은 사람이 부러워라!

여러분, 용감한 시저도 아시죠.
그에게 어떤 일이 있었는지도 아실 테죠!
마치 신과 같이 제단 위에 앉았던 사람이죠.

그리곤 살해되었어요. 여러분이 알고 있듯.
더구나 그가 가장 위대하였을 때.
그가 얼마나 큰 소리로 소리쳤던가요. "너도, 나의
아들이냐!"
밤이 되기도 전이었는데
허나 세상은 벌써 그 귀결을 알아 버렸어요.
용맹함이 그를 그 지경으로 몰아넣었다는 것을
용맹하지 않은 사람이 부러워라!

이제 매키스 씨를 보시지요.
구두쇠하고는 거리가 먼 사람이죠.
우리에게 늘 선물을 주었지요.
빈손일 땐
매각토록 하고 그것을 떠맡았죠.
우리에게 일곱 배나 되는 노임을 지불하였어요.
아직 밤이 되지도 않았는데
허나 세상은 벌써 그 귀결을 알고 있죠.
낭비가 그를 지금 이 지경으로 몰아넣었다는 것을
낭비하지 않는 사람이 부러워라!

8장

아가씨 방.
재산을 둘러싼 싸움.[10]

올드 베일리의 한 아가씨 방.
루시가 앉아 있다.

스미스   경애하는 아가씨, 폴리 매키스 부인이 아가씨와 말
씀 나누고 싶다는 군요.

루시   매키스 부인이라고요? 들어오시라고 하세요.

폴리 등장.

폴리   안녕하세요, 경애하는 부인. 경애하는 부인, 안녕
하세요!

루시   들어오세요, 원하시는 게 뭐죠?

폴리   날 다시 알아보겠어요?

루시   물론이죠.

---

10) 이 장면은 희극에 재능을 갖고 있는 폴리 연기자들을 위해 삽입된 것이다.

폴리   오늘 내가 온 것은 어제 나의 행동을 사과하려는 거
        예요.

루시   매혹적인 말씀이군요.

폴리   어제 나의 행동에서 본래는 전혀 사과할 게 없죠 ―
        내 자신의 불행 이외에는.

루시   그래, 그래서요.

폴리   경애하는 부인, 당신이야말로 내게 사과해야겠죠.
        어제 나는 매키스 씨의 태도 때문에 상당히 흥분한
        상태였어요. 정말 우리를 이런 상황에 빠뜨리진 않
        았어야죠. 그렇지 않아요. 그 사람에게 당신이 말
        해 줄 수 있을 거예요. 그를 보면 말이에요.

루시   내가 ― 나는 그 사람 만나지 않아요.

폴리   그 사람 만나지 않는다고요.

루시   만나지 않아요.

폴리   죄송합니다.

루시   그 사람 당신을 아주 좋아하던데요.

폴리   전혀 그렇지 않아요. 그 사람은 당신만을 사랑하고
        있어요. 내가 잘 압니다만.

루시   대단히 고맙군요.

폴리   하지만 경애하는 부인, 어떤 남자든 자신을 너무 사
        랑하는 여자 앞에선 늘 두려움을 갖게 마련이죠. 그

래서 여자를 소홀히 하거나 피한다는 인상을 주게
되는 것이에요. 첫눈에 알겠던데요. 물론 내가 예
감하기 어려운 방식으로 그 사람이 당신에게 책임
을 지고 있다는 것을 말이죠.

루시 정말로 그것이 진정이라고 생각하는 거예요?

폴리 물론이죠. 확실하다 뿐입니까. 진정이죠. 경애하는
부인. 믿으세요.

루시 사랑하는 폴리 양, 우리 두 사람 다 그를 아주 사랑
했어요.

폴리 그렇다고 할 수 있지요. (휴지) 그런데 경애하는 부
인, 이제 모든 일이 어떻게 일어났는지 설명해야겠
군요. 열흘 전 오징어 호텔에서 매키스 씨를 처음 보
았지요. 그때 내 어머니도 함께 있었어요. 그로부터
닷새 후, 그러니까 대략 그제 결혼을 한 것입니다.
어제야 경찰이 여러 범죄 때문에 그를 찾는다는 사
실을 알게 되었어요. 그리고 오늘은 앞으로 어떤 일
이 생길지 알 수 없군요. 경애하는 부인, 그러니까
열이틀 전까지만 해도 내가 도대체 한 남자에게 예
속될 수 있으리라는 것은 상상할 수 없던 일이죠.

휴지.

루시 이해하겠군요. 피첨 양.

폴리 매키스 부인이요.

루시 매키스 부인.

폴리 덧붙이자면 최근 그 인간에 대해 나는 아주 많은 생각을 했답니다. 그렇게 단순하지가 않군요. 일전에 그 사람이 당신에게 드러낸 행동을 아시죠. 당신을 부러워하지 않을 수 없군요. 물론 저의 어머니 등쌀에 떠밀려서긴 하지만, 내가 그를 떠나야 했을 때, 그 사람은 눈곱만치도 유감을 표시하지 않더군요. 심장은 없고, 대신 가슴 안에 돌덩이 하나를 갖고 있는 듯 말이죠. 당신 생각은 어떠세요, 루시?

루시 사랑하는 부인, 그 탓이 매키스 씨에게만 전가될 수 있는 것인지 모르겠군요. 당신과 처지가 같은 사람들 속에 있었어야 하지 않겠어요. 경애하는 아가씨.

폴리 매키스 부인이요.

루시 매키스 부인.

폴리 맞는 말이에요. 아니면 내 아버지가 항상 원하셨던 대로 적어도 모든 것을 사업적 토대에 두든지 했어야 했는데.

루시 물론이죠.

폴리 (운다.) 하지만 그 사람은 나의 유일한 재산이에요.

루시　　　그러지 마세요. 그런 것을 불행이라고 하는 것이
　　　　　죠. 그런 불행은 가장 똑똑한 여자에게 발생할 수
　　　　　있는 것이에요. 그렇지만 형식상 당신은 그의 아내
　　　　　인걸요. 그 사실이 당신을 안심시킬 수 있잖아요.
　　　　　당신이 너무 우울해 하니 볼 수가 없군요. 뭐라도
　　　　　좀 드시겠어요?

폴리　　　뭘 말이에요?

루시　　　뭔가 드시라고요!

폴리　　　오, 좋습니다. 부탁드리죠, 조금만 먹지요.

루시　　　(나간다.)

폴리　　　(혼자서) 몹시 추잡한 년이군!

루시　　　(커피와 과자를 가지고 돌아온다.) 자, 충분할 거예요.

폴리　　　너무 수고 많으시군요. 경애하는 부인. (휴지. 먹는
　　　　　다.) 저기 멋진 그림 그이 한테 받았군요. 저 그림 언
　　　　　제 그 사람이 가져온 것이죠?

루시　　　왜 가져왔다고 하지요?

폴리　　　(악의 없이) 언제 당신에게 그것을 가져다주었느냐는
　　　　　뜻이에요.

루시　　　그가 가져온 것이 아니에요.

폴리　　　직접 여기 방에서 당신한테 주었던가요?

루시　　　여기 방에 온 적도 없어요.

폴리	그래요. 그렇다면 아무 일도 없었어야 할 텐데, 그렇지 않나요? 운명의 오솔길은 이미 심각하게 뒤엉켜 있는걸요.
루시	그런 헛소리 그만두지 못할까요. 당신 여기에서 염탐하겠다는 것이지.
폴리	그가 어디에 있는지 모르나요?
루시	내가요? 당신은 모른단 말이오?
폴리	그가 어디 있는지 지금 말하세요.
루시	몰라요.
폴리	뭐라고요, 그가 어디 있는지 모른단 말예요, 틀림없어요?
루시	그렇다니까. 난 몰라. 당신도 모른단 말인가요?
폴리	몰라요. 이상한 일이군.

폴리는 웃고, 루시는 운다.

폴리	그 사람은 이제 두 가지 의무를 짊어지고 있군요. 사라져 버렸으니.
루시	더 이상 못 참겠네요, 이봐요, 폴리. 너무 끔찍한 일이에요.
폴리	(기뻐서) 루시, 이런 비극 끝에 이런 친구를 찾게 되

다니 너무 기쁜 일이에요. 적어도. 조금 더 뭐 좀 먹겠어요, 쿠키라도 좀 더?

루시   좀 더! 아아, 폴리, 나에게 그렇게 친절하게 굴지 마세요. 정말. 그럴 자격이 없는 사람이에요. 아아, 폴리, 남자들은 가치가 없는 작자들이에요.

폴리   물론 남자들은 가치가 없는 작자들이죠. 그런데 어쩌겠어요?

루시   안 되겠어요. 이제 확실하게 해야겠군요. 폴리, 나한테 몹시 화가 치밀 테죠?

폴리   뭘 말이요?

루시   그는 진짜가 아니에요.

폴리   누굴 말하는 거죠?

루시   여기! (자신의 배를 가리킨다.) 모든 것이 그 범죄자 때문이에요.

폴리   (웃는다.) 아아, 그것 대단하시군요! 그게 가짜였단 말이죠? 오, 정말로 추잡한 년일세! 너 ― 매키를 원해? 너한테 선물하지. 찾으면 가져버려! (마루에서 목소리와 발자국 소리가 들린다.) 저건 뭐지?

루시   (창가에서) 매키! 다시 잡혀버렸네.

폴리   (주저앉으며) 이제 모든 게 끝났군.

피첨 부인 등장.

피첨 부인 아아, 폴리, 여기 있었구나. 옷 갈아입거라. 너의
남편이 교수형을 받는다. 미망인이 입는 옷을 가져
왔다.

폴리 (옷을 벗고, 미망인 옷을 입는다.)

피첨 부인 그림처럼 예쁜 미망인으로 보이겠구나. 이제 훌훌
털어버리자.

9장

감옥

금요일 아침 5시. 재차 창녀에게 갔던 매키 매서가 또 다시 창녀들에
게 배반당한다. 그는 이제 교수대에 오른다.

웨스트민스터 종소리가 울린다. 경관들이 매키스를 포박한 채
감옥으로 데려온다.

스미스 그놈 이리로 데려와라. 벌써 웨스트민스터의 첫번
째 종이 울리고 있다. 제대로 자세를 취하시오. 무

엇 때문에 그렇게 인상을 찌푸리고 있으신가. 부끄
러운 모양이군. (경관들에게) 웨스트민스터의 종이
세 번 울리면, 정각 6시가 된다. 그때 이놈을 교수
대에 매달아야 한다. 만반의 준비를 해 둬라.

한 경관 이미 15분 전부터 뉴게이트 거리가 이런 저런 계층
구분할 것 없이 온통 사람들로 꽉차버렸어요. 도대
체 지나다닐 수가 없다니까요.

스미스 이상하군. 그들이 벌써 알고 있단 말이냐?

경관 이런 식으로 퍼지면, 15분 후엔 런던 전체에 알려
질 걸요. 그렇게 되면 대관식 대열에 갔어야 할 사
람들이 모두 여기로 오겠어요. 그러면 여왕은 텅 빈
거리를 지나야 되겠는 걸요.

스미스 그 때문에 강력하게 추진해야 하는 것이다. 우리가
정각 6시에 끝내버리면, 7시까지는 사람들이 대관
식 대열에 갈 차비를 할 수 있을 것이다. 자, 서두르
자.

맥 여보시오, 스미스. 지금 몇 시요?

스미스 눈도 안 달렸소? 5시 4분이요.

맥 5시 4분.

스미스가 밖에서 감방 문을 잠글 때 브라운이 온다.

브라운   (스미스에게 물으면서, 등은 감옥 쪽을 향한다.) 저기 있나?

스미스   보시렵니까?

브라운   아니, 아니, 아니, 아닐세, 자네 혼자 다 하게. (퇴장)

맥   (갑작스럽게 쉬지 않고 나직한 말투로) 자, 스미스, 결단
         코, 결단코 매수에 관해 말하려는 것이 아니요. 두
         려움을 가질 필요는 없소. 모두 알고 있으니. 당신
         이 매수당할 경우 적어도 추방이라는 것 말이오. 그
         래요, 추방당해야 하지요. 그럴 경우 당신 여생 내
         내 걱정하지 않을 정도는 있어야 할 것이오. 1천 파
         운드, 어떠시오? 할 말 없소? 당신이 1천 파운드를
         오늘 오후에 받을 수 있을지 어떨지는 20분 후에
         말씀드리겠소. 감정에서 하는 말이 아니오. 나가셔
         서 냉정하게 생각해 보시오. 인생은 짧고, 돈은 부
         족하지요. 어떤 것을 매물로 내놓아야 할지 아직 모
         르는 상태요. 들어오려는 사람이 있으면, 나한테
         들여보내 주시오.

스미스   (천천히) 소용없는 소리. 매키스 씨. (퇴장)

맥   (나직하고 아주 빠른 템포로)
         여기 동정을 호소하는 소리 들어 보시오.
         여기 매키스는 사나무 아래 누워있는 것이 아니라
         오.

너도밤나무 아래도 아니요. 아니. 무덤 속이라오!

운명의 진노가 그를 여기에 이르게 하였군요.

신이여, 그의 마지막 말을 그들이 듣게 해주오!

너무도 두꺼운 벽이 그를 감싸고 있군요!

그가 어디 있느냐고, 친구들이여 묻지도 않는가?

그가 죽으면, 계란 와인이나 끓이겠군.

하지만 그가 살아있는 한 그를 좀 도와주게![11]

통로에 매시어스와 제이콥이 나타난다. 매키스에게 가려고 한
다. 스미스가 그들에게 말을 건넨다.

스미스　　뭔가, 젊은이들. 자넨 마치 내장을 꺼낸 청어 꼴이
　　　　　로군.

매시어스　대위가 없어진 후로 여자들을 임신시켜야 하는 일
　　　　　이 제 몫이거든요. 그래야 여자들이 면책조항 혜택
　　　　　을 얻게 되니 말이오. 이 일에서 견디어 내려면 벌집
　　　　　체질은 되어야 하죠. 대위와 할 이야기가 있소만.

---

11) 그의 고통이 영원하길 원한다 말인가? 매키스의 연기자는 여기 감방 안에서 원형
을 만들어 가며 그가 지금까지 관객에게 보여주었던 모든 걸음 방식을 반복할 수
있다. 유혹자의 뻔뻔한 보행, 쫓기는 자의 힘없는 보행, 건방진 보행, 깨우친 자의
보행 등. 이러한 짧은 이동 가운데 이 며칠 사이에 있었던 매키스의 모든 태도가
다시 한 번 보여질 수 있다.

둘 다 맥한테 간다.

맥   5시 25분이다. 자네들은 서두를 필요 없겠지.

제이콥   뭐라고요, 마침내 우리는······[12]

맥   마침내, 마침내 나는 교수대에 오르게 된다. 제기
             랄, 자네들과 다툴 시간도 없군. 5시 28분. 결론만
             말하지. 자네들 개인 비상금에서 당장 얼마나 꺼낼
             수 있는가?

매시어스   우리 것에서요, 아침 5시에 말이오?

제이콥   정말로 이 시간에요?

맥   4백 파운드, 되겠나?

제이콥   네, 그런데 우리는 어쩝니까? 그것이 갖고 있는 전
             부인데요.

맥   자네들이 교수형에 처해지는가, 아니면 나인가?

매시어스   (흥분하여) 우리가 도주하는 대신 수키 토드라이 집
             에 누워 있었던 것이요? 우리가 수키 토드라이 집
             에 누워 있있소 아니면 당신이요?

---

12) 가령 서사극의 배우는 이 부분에서 매키스를 죽음의 공포로 몰아넣고, 그것이 전
체 막에 지배적인 영향을 미치도록 애를 써서 다음에 이어지는 진정한 우애의 표
현이 성공하지 못하도록 뒤틀리게 해서는 안 된다. (진정한 우애란 제한될 때만 진
정성을 갖기 마련이다. 매키스씨의 가장 진실한 두 친구들의 도덕적 승리는 차후
에 친구를 구출하기 위해 자신들의 생존 수단을 인도하는 일에서 충분히 서두르지
않을 때 보여주는 도덕적 패배를 통해 결코 약화되는 것이 아니다.)

맥   주둥이 닥치지 못하겠나. 곧 나는 그년 집이 아니라
        다른 곳에 누워 있게 된다. 5시 30분.

제이콥   자, 그럼 우리가 해봐야겠네, 매시어스.

스미스   식사로 뭘 드시려는지 브라운 님이 여쭤라고 하는
        군요.

맥   나 좀 그대로 두시오. (매시어스에게) 하겠는가, 안 하
        겠는가? (스미스에게) 아스파라거스로.

매시어스   호통소리에는 절대 못하겠소.

맥   그렇다면 호통치지 않겠네. 그것은 다만, 왜냐하
        면, 매시어스, 내가 교수형 당하도록 놔두고 싶은
        가?

매시어스   물론 교수형을 당하게 놔두진 않을 것이요. 누가 그
        러던가요? 하지만 그것이 전 재산이오. 갖고 있는
        전부가 4백 파운드란 말이요. 그 사실은 말씀드려
        야 하지 않겠어요.

맥   5시 35분이네.

제이콥   속도가 문제겠네, 매시어스, 속도를 내지 않으면
        아무 소용이 없어.

매시어스   통과나 할 수 있겠나. 사방이 꽉 차 있으니. 불량배
        들 같으니라고.

맥   5시 55분에 여기에 도착하지 못하면 자네들은 더

　　　　　이상 나를 보지 못할 것이네. (소리친다.) 그러면 더
　　　　　이상 나를 보지 못한다 말이네 —

스미스　　벌써 떠나 버렸구먼. 자, 어떻게 되어 가고 있는가?

　　　　　(돈 세는 태도를 취한다.)

맥　　　400파운드는.

스미스　　(어깨를 움찔하면서 퇴장)

맥　　　(뒤에서 부르면서) 브라운과 할 이야기가 있소.

스미스　　(경관들과 온다.) 너희들 비누 가진 것 있나?

한 경관　하지만 적합한 것은 아닙니다.

스미스　　10분 후엔 가져다 놓을 수 있겠지.

한 경관　하지만 발판 통풍기가 작동하지 않습니다.

스미스　　가야겠군. 벌써 두번째 종이 울렸다.

한 경관　돼지우리야.

맥　　　(노래한다.)

　　　　　이제 오셔서, 그가 얼마나 더러워지고 있는지 보시
　　　　　죠.

　　　　　그는 이제 정말로 망해 버렸어요.

　　　　　가장 높은 권위로서 당신들은

　　　　　음탕한 돈만을 존중하죠.

　　　　　그가 당신네들을 죽이지 않는다는 것을 보세요!

　　　　　곧 여왕에게 가셔야죠, 무리를 지어

여왕과 함께 그에 관한 이야기도 나누겠군요.

돼지들이 어떻게 줄줄이 내닫는지

아아, 그의 이빨은 벌써 갈퀴마냥 길어졌네요.

그의 단말마가 영원히 지속되길 당신네들은 원하나요?

스미스　당신을 들여보낼 수 없소. 당신 번호는 16번이요. 아직 당신 차례가 아니란 말이오.

폴리　이보세요, 16번이 뭐가 중요해요. 관료적으로 굴지 좀 마세요. 나는 아내예요. 그와 할 말이 있단 말이에요.

스미스　하지만 5분 이상은 안 됩니다.

폴리　무슨 말이에요, 5분이라니요! 말도 안 됩니다. 5분이라니요! 그것으로 할 말을 어떻게 한단 말예요. 그렇게 단순한가요. 영원히 이별하는 것인데. 게다가 남편과 아내 사이에는 약속할 게 엄청나답니다…… 그는 대체 어디 있는 거죠?

스미스　뭐라고요, 안 보입니까?

폴리　있군요. 감사합니다.

맥　폴리!

폴리　아, 맥, 저 왔어요.

맥　왔어야 하겠지!

폴리 어떻게 지내세요? 너무 힘들지요? 어려울 거예요!

맥 이제 당신은 대체 어떻게 될까? 당신은 어떻게 될까!

폴리 우리 사업은 잘 되어 가고 있어요. 그 일이 대단히 중요한 것은 아니지만요. 맥, 너무 신경과민은 아닌가요……? 당신 아버지는 어떤 분이셨어요? 나한테 많이 말해 주지 않았더군요. 왜 그랬는지 이해할 수 없어요. 당신은 원래 항상 건강했나요?

맥 폴리, 나를 꺼낼 수 없겠소?

폴리 당연히 그래야죠.

맥 물론 돈으로 말이요. 저 교도관과 내가……

폴리 (천천히) 돈은 사우스 햄튼으로 보내 버렸어요.

맥 그래서 아무것도 없다는 것이요?

폴리 그래요. 가지고 있는 게 아무것도 없어요. 그렇지만, 맥, 가령 누군가와 의논은 해볼 수 있을 거예요. 여왕에게라도 개인적으로 물어볼 수 있지 않겠어요. (폴리가 쓰러진다.) 오, 맥!

스미스 (폴리를 끌어내면서) 자, 이제 1천 파운드를 모았소?

폴리 안녕, 맥, 잘 가요. 나를 잊지 말고요! (퇴장)

스미스와 경관이 아스파라거스가 담긴 탁자를 가져온다.

스미스   아스파라거스는 연한가?

경관   물론이죠. (퇴장)

브라운   (모습을 드러내고, 스미스에게 간다.) 스미스, 그가 나한
        테 뭘 원하던가? 식탁을 올리지 않고 나를 기다리
        길 잘 했네. 그에게 갈 때 그것을 가지고 가세. 그
        러면 그가 어떤 생각을 하고 있는지 알아챌 수 있을
        걸세. (그들 둘이 탁자를 들고 감방으로 들어간다. 스미스 퇴
        장. 휴지) 잘 있었나, 맥. 여기 아스파라거스 가져왔
        네. 조금 먹지 않겠나?

맥   노력하지 않아도 됩니다. 브라운 씨. 나한테 마지
        막 경의를 표할 다른 사람들이 있으니까요.[13]

브라운   아, 맥!

맥   결산을 요청하오! 그 사이에 먹어도 되겠소. 결국
        이것이 나의 마지막 식사로군. (먹는다.)

브라운   들게나. 작열하는 쇠마냥 나를 쏘아보는구먼.

맥   결산 부탁합니다. 결산이요. 감상은 필요 없소.

브라운   (한숨을 쉬며 주머니에서 작은 책자를 꺼낸다.) 가져왔네.
        맥, 여기 지난 반년 간의 결산일세.

---

13) 이 배우는 다음과 같은 것을 보여줄 가능성을 찾게 될 것이다. 말하자면 매키스는
   그의 사건에서 무시무시한 사법적 오류가 있다는 전적으로 타당성 없지 않은 감정
   을 갖고 있다. 사실 법정이 실제 사건보다 더 빈번하게 도둑들을 희생시킬 경우 법
   정은 위신을 완전히 상실하고 말 것이다!

맥   (뚫어지게 쳐다보며) 그렇군요. 당신은 당신 돈을 챙기
         려고 여기에 온 것이로군요.

브라운   그렇지 않다는 것을 알잖나…….

맥   그럼요, 손해 보셔서는 안 되죠. 당신한테 빚진 게
         얼마요? 세목별로 해주시오. 삶이 나를 의심스럽게
         만들었으니……. 그건 당신이 가장 잘 이해할 수 있
         을 것이요.

브라운   맥, 자네가 그렇게 말하면 아무 생각도 못 하겠네.

         뒤에서 심하게 두드리는 소리가 난다.

스미스   (목소리) 네, 단단하군요.

맥   결산하시죠, 브라운.

브라운   그럼 — 자네가 철저히 하고자 한다면, 우선은 자
         네 아니면 자네 직원들이 행한 살인범 체포에 관
         한 합계일세. 자네가 정부로부터 지급받았던 총액
         이…….

맥   3건에 각각 40파운드씩이니 120파운드요. 당신 몫
         이 4분의 1이니 당신에게 빚진 게 30파운드에 달하
         겠군요.

브라운   그런데 맥, 우리가 마지막 순간인지…… 정말 모르

겠네.

맥   제발, 그런 쓸데없는 말은 그만두시죠, 네? 30파운
      드. 그리고 도버 건으로 8파운드.

브라운   왜 8파운드뿐인가, 그때…….

맥   나를 믿는 것이오, 믿지 못하시오? 지난 반년 간의
      결산으로 38파운드 받으시겠군요.

브라운   (큰 소리로 울면서) 일생 동안 나는 자네에게…….

둘 다   눈만 봐도 모든 것을 읽어내지.

맥   인도에서 3년 ― 그 중에 조지도 있었고, 짐도 함께
      있었지. 런던에서 5년, 이것이 그 대가로군. (교수형
      을 당하는 자로서 어떻게 보일 것인지를 그가 암시하면서)
      여기 이 한 마리도 괴롭히지 않은 매키스가 목매달
      리네요.
      거짓 친구가 그의 발목을 붙잡았지요.
      한길 높이의 밧줄에 매달려
      자신의 엉덩이가 얼마나 무거운지 목으로 느끼겠네
      요.

브라운   맥, 자네 나한테 그렇게 하면…… 내 명예를 공격하
      는 자는 나를 공격하는 것이네. (격분하여 감옥에서 내
      달음을 친다.)

맥   자네 명예라고…….

브라운   그래, 내 명예 말일세, 스미스, 시작하게! 사람들 들
         여보내! (맥에게) 이만 실례하겠네.

스미스   (황급히 매키스에게) 아직 내가 자네를 내보낼 수 있겠
         네만. 하지만 1분이 지나면 더 이상은 안 되겠네.
         돈 모았나?

맥   네, 부하들이 돌아오기만 하면.

스미스   보이질 않네. 그럼. 끝나버렸군.

    사람들이 들어온다 : 피첨, 피첨 부인, 폴리, 루시, 창녀들, 목
사, 매시어스와 제이콥.

제니   우릴 들여보내려 하지 않더군요. 그래서 내가 말해
         주었죠. 만약 더러운 머리를 치우지 않는다면, 선
         술집 제니 맛을 보여주겠다고 말이죠.

피첨   나는 그의 장인 되는 사람입니다. 실례지만 여기 계
         신 분 중에 누가 매키스 씨죠?

맥   (소개한다.) 접니다.

피첨   (감옥을 지나치며, 다른 모든 사람들처럼 오른쪽에 자리를 잡
         는다.) 매키스 씨, 내가 자네를 알지도 못한 채 운명
         은 자네를 나의 사위라고 하고 있네그려. 처음 만난
         자네와 나의 상황은 너무도 서글프기 짝이 없네. 매

키스, 자네는 언젠가 흰 고급 장갑을 끼고, 상아 손
잡이가 달린 지팡이를 들고, 목에는 흉터를 하고,
오징어 호텔을 드나들었지. 남아 있는 것은 흉터뿐
이로구만. 자네의 특징 중에서도 가장 가치가 없는
그것. 더 많이 감방만을 드나들 것이고, 곧 얼마 지
나지 않아 더 이상 아무도 없는 곳으로……

폴리가 울면서 감방을 지나간다. 오른편에 자리를 잡는다.

맥　　무슨 그런 멋진 옷을 입은 것이오.

매시어스와 제이콥이 감방을 지나서, 오른쪽에 자리를 잡는
다.

매시어스　엄청난 무리들 때문에 빠져나갈 수가 없었어요. 너
무 빨리 달린 탓에 제이콥의 심장마비를 걱정해
야 했다니까요. 만약 당신이 우리를 믿지 않는다
면……

맥　　뭐라고 하는 것인가? 자리는 잘 잡았는가?

매시어스　대위, 우리를 이해해 주리라 믿었습니다. 대관식은
매일 있는 일이 아니니까요. 돈벌이 할 수 있을 때

벌어야죠. 직원들이 인사를 전하더군요.

제이콥   진심으로요!

피첨 부인   (감방으로 다가와, 오른편에 자리를 잡는다.) 매키스 씨, 우리가 일주일 전 오징어 호텔에서 스텝을 밟을 때 누가 이런 일을 생각이나 했겠소.

맥   네, 스텝.

피첨 부인   하지만 세상의 운명은 잔인하구만.

브라운   (목사 뒤에서) 저는 이 사람과 아서베이찬에서 어깨를 나란히 하고 격렬한 포격전을 벌였었죠.

제니   (감옥으로 다가온다.) 드루라 레인에선 사람들이 제정신이 아니에요. 아무도 대관식에 가지 않았어요. 모두들 당신을 보려고 하는군요. (오른쪽에 자리를 잡는다.)

맥   나를 보려고.

스미스   자, 시작. 6시다. (그를 감옥에서 끌어낸다.)

맥   사람들 기다리게 놔두지 마시오. 신사 숙녀 여러분. 여러분들은 몰락해 가고 있는 계층의 몰락해 가고 있는 대표자를 보고 계십니다. 소규모 가게 소유자의 니켈금고에서 충실한 쇠막대기로 일을 하는 우리 소시민 수공업자는 대기업에 먹히고 말았습니다. 그들 뒤엔 은행들이 있지요. 한 장의 주식에 비

할 때 디트리히라는 인간은 뭘까요? 은행 창업에
비할 때 은행 강도는 뭐란 말인가요? 한 남자의 고
용에 비할 때 한 남자의 살해는 또 뭐죠? 시민 여러
분, 이것으로 저는 여러분들과 작별을 고하고자 합
니다. 오신 데 대해 감사드립니다. 여러분 중의 몇
몇은 저와 아주 가깝습니다. 제니가 저를 밀고한 것
이 매우 놀랍군요. 세상이 똑같다는 것에 대한 분명
한 증거니까요. 몇 가지 불운한 상황들이 발생하여
저를 몰락시켰습니다. 좋습니다 — 몰락하지요.

〈매키스가 모두에게 사죄하는 발라드〉

우리 대를 이어 살아갈 형제들이여
우리에게 가슴을 닫지 마오.
우리가 교수대에 오를 때 비웃지도 마오.
턱수염 뒤 역겨운 웃음일랑
저주도 하지 마오. 우리가 파멸한다손 치더라도
법정처럼 우릴 분노케 마오.
우리 모두는 정의의 사신이 아니라오 —
인간들이여 모든 경솔함을 떨쳐버리시오.
인간들이여, 우리를 교훈으로 삼으소서.

그리고 나를 용서해 달라고 신께 빌어 주오.

비가 우리를 씻어주고, 깨끗하게 해주는군요.
우리가 잘 보양한 육체도 씻어주고.
너무 많이 보았고, 지나치게 욕망하였어요.
까마귀가 우리 눈을 공격하는군요.
우리는 정말로 너무 높이 올라왔어요.
이제 우리는 여기에 매달립니다. 오만을 부려서인
듯
탐욕스런 새떼가 갈기갈기 쪼고
길가에 놓여 있는 말똥에 지나지 않아요.
아, 형제들이여, 우리를 경고로 삼으소서.
그리고 신께 우리를 용서해 달라고 빌어 주오.

더 쉽게 남자들을 붙잡으려
가슴을 보여주는 여인네들이여
그 여인네들의 죄스런 노임을 낚으려
그녀들을 갈망하며 쳐다보는 사내들이여
룸펜, 창녀, 뚜쟁이들
게으름뱅이들, 버려진 자들
살인 동업자들, 청소부들이여

나를 용서해 달라고 간청해 주오.

경찰견들한테는 그렇게 하지 않을 것이라네.
매일 저녁, 매일 아침
먹을 것으로 껍데기만 주었지요.
게다가 수고와 걱정까지 안겨주었고
이제 그들을 저주할 수 있으리.
하지만 오늘은 그렇게 하지 않을 것이네.
더 이상의 거래는 구하지 않아.
나를 용서해 달라고 그들에게도 간청하오.

누군가 그들의 주둥이를
무거운 쇠망치로 쳐 주었으면
그렇다면 잊을 것이네.
나를 용서해 달라고 그들에게도 간청하오.

스미스   가시지요, 매키스 씨.
피첨 부인 폴리, 루시, 이 마지막 순간에 남편 옆에 서거라.
맥   나의 여인들이여, 우리 사이에 어떤 일이 있었을지
          라도……
스미스   (그를 끌고 간다.) 앞으로!

교수대로 가는 길.

모두 문을 통해 왼쪽으로 퇴장. 이 문은 영사기 화면에 존재한
다. 무대 다른 편에서 모두 바람막이가 있는 등을 들고 다시 들어
온다. 매키스가 교수대 위에 서면 피첨이 말한다.

피첨   존경하는 관객 여러분, 여기에까지 이르렀습니다.
           매키스 씨는 교수형에 처해집니다.
           그 어떤 기독교 나라도 인간에게
           공짜로 선물을 주지는 않으니까요.

           그런데 여러분들이 생각하지 못한 점에
           저희가 적극적으로 개입하였지요.
           매키스 씨는 교수형에 처해지지 않습니다.
           대신에 다른 결론을 고안해 냈지요.

           자비가 법을 어떻게 벗어나는지
           여러분들은 적어도 오페라에서는 보고자 합니다.
           저희도 여러분들과 같은 생각이므로
           왕의 말 탄 사신이 이제 나타날 것입니다.

판때기에 다음과 같이 쓰여 있다: "말 탄 사신이 나타남"

〈3. 서푼짜리 피날레〉

합창　귀를 기울이게, 누가 오나!
　　　왕의 말 탄 사신이 온다네!

말 탄 사신으로 높이 말에 올라 브라운이 등장한다.

브라운　여왕의 대관식에 즈음하여 대위 매키스를 즉시 석
　　　방하라고 여왕이 명령하셨다. (모두 환호한다.) 동시
　　　에 매키스는 세습 귀족으로 올라서며 (환호) 그에게
　　　마르마엘 성과 생을 마감할 때까지 1만 파운드의
　　　연금이 부여된다. 여기 두 신부에게도 여왕은 왕실
　　　의 축하를 전달하도록 하셨다.

맥　살았다, 살았어! 고난이 가장 클 때 도움이 가장 가
　　　까이 있다는 것을 알겠구나.

폴리　살았어, 나의 사랑하는 매키가 살았어. 좋아라.

피첨 부인　이렇게 하여 만사가 행복하게 되는군요. 왕의 말 탄
　　　사신이 언제나 온다면 우리 삶은 쉽고 평화로울 텐
　　　데.

피첨 그래서 여러분들이 서 있는 곳에 가난한 사람들 중의 극빈자들이 모두 서서 합창을 하고 있는 것이지요. 그들의 어려운 삶을 오늘 여러분들이 보여주었소. 현실에서 그네들의 종말은 좋지 못하지요. 왕의 말 탄 사신이 오는 일은 거의 없어요. 게다가 짓밟힌 자들은 또 다시 짓밟히는 법이지요. 그러니 불의를 지나치게 압박해서는 안 됩니다.

영사기 : 다음과 같은 구절의 텍스트

모두 (앞으로 걸어가면서 오르간에 맞춰 노래한다.)
너무도 성급히 불의를 지나치게 억누르진 마세요.
저절로 얼어 버려요. 너무 춥기 때문이죠.
어둠과 큰 추위를 염두에 두세요.
비명이 울려 퍼지는 이 골짜기.

부록

◆ 노래 텍스트의 새 판본. 1937, 1946~1948

〈솔로몬 노래〉

지식욕에 불탄 브레히트를 아시죠.

여러분 모두 그를 찬양했죠.

그는 너무 자주 이런 물음을 던졌던 거죠.

부유한 자의 부가 어디에서 오느냐고.

그러자 그는 돌연 추방당하고 말았네요.

내 조국의 아들이 얼마나 지식욕에 불탔던가!

밤이 되었던 것도 아닌데

하나 세계는 벌써 그 귀결을 알았네요.

그의 지식욕이 그를 그 지경으로 만들었음을 —

지식욕이 없는 사람이 부러워라!

이제 여러분들은 매키스 씨를 보세요.

그의 목숨이 일각에 달려 있군요!

이성에 따랐던 한

훔칠 수 있었던 것을 훔쳤던 한

그는 동업자들의 대장이었죠.
그런데 그의 양심이 그를 달아나게 하였지요!
아직 밤은 아닌데
하나 세계는 벌써 그 귀결을 알고 있군요.
욕망이 그를 그 지경으로 만들었음을 —
욕망이 없는 사람이 부러워라!

〈매키 매서의 장타령〉

그리고 물고기들, 물고기들이 사라지고 있어.
법정이 고심에 젖네.
끝내 상어가 소환되나
상어는 아무것도 모른다 하네.

상어는 기억할 수 없다 하네.
상어에게 접근할 수도 없다네.
아무도 증명할 수 없다면
상어는 상어가 아니기 때문이지.

〈새로운 대포 노래〉

1

프리츠는 SA 대원, 칼은 당원

그리고 알베르트는 요직을 얻었네요.

그런데 순식간에 그 모든 것들은 끝장나 버렸죠.

사람들은 서쪽으로, 동쪽으로 길을 떠났어요.

> 라인 출신의 슈미트는
>
> 우크라이나 공화국이 필요하고
>
> 크라우제는 파리가 필요해요.
>
> 비가 내리지 않았고
>
> 이런 저런 군대의
>
> 낯선 군인을 만나지 않았다면
>
> 베를린 출신의 마이어는
>
> 분명 불가리아를 얻었으리.

2

슈미트에게 사막은 너무 더웠고

크라우제에게 북극 섬의 암석 돌출부는 너무도 추웠죠.

하지만 어떻게 다시 집으로 돌아갈지

아무도 모른다는 사실이 죽을 맛.

우크라이나에서

라인 지역으로 되돌아가고

알제리에서 울름 집으로 가는 걸까?

장대비가 내렸고

막강한 군대의

아주 낯선 군인을 만났기 때문에

길을 잃은 자는 어떻게 가야 할지는 모르고—.

그는 여기에 없다네.

3

슈미트는 더 이상 집에 오지 않았죠. 독일은 쓸모 없게 되었
어요.

시체와 쥐들의 냄새가 진동하였고

파괴된 베를린에선

제3차 세계대전에 관한 말이 떠도네요.

쾰른은 파편 속에

함부르크는 죽음에 휩싸여 있고

드레스덴은 산산조각이 난 상태.

하지만 이곳에서 미국이

러시아인을 보고

서로 다투기라도 한다면?

새로운 전쟁이 시작되고
다시 잿빛 모피를 입은 크라우제는
세계를 차지할 것이네!

〈안락한 삶에 관한 발라드〉

성 요한 주교는 자신의 이웃을 사랑하고
포도주도 사랑한다고 스스로 말하지요.
세련된 설교로 그는 돈을 얻고
저는 도끼질한 돈을 가져오죠.
각자 자신이 얻고자 하는 것을 얻는 법.
만약 그가 여러분들에게 다른 것을 보여 준다면 기만일 따름
이죠.
예술은 결코 공짜로 베풀지 않아요.
그렇게 솔직히 말하는 사람을 존중하시오.
가장 많이 취하는 사람만이 상류층이 되는 것.
부유한 사람만이 편안하게 사는 법이죠.

〈히틀러 총독들의 안락한 삶에 관한 발라드〉

1

중독에 빠진 제국의 원수, 광대이자 도살자.
먼저 유럽 절반을 훔치더니
나중에는 그 대가로 뉘른베르크에서 진땀을 흘리네요.
자신의 교도관보다 더 살이 찐 그자에게
왜 그랬느냐고 묻자
독일의 명예를 위한 일이었다는군요.
그 명예 때문에 살이 찌게 되었다는 듯!
그 말에 웃지 않을 바보가 있을까요.
왜 나치였는지가 문제는 아니죠.
부유한 사람만이 안락하게 사는 법.

2

멍청이, 견고한 빗장.
아직 자기 자신과 포도주를 팔던 시절
총통에게 비스마르크로 세례를 받기 전 —
피투성이가 된 유럽의 서류철을 그에게 보이자
총통에게 충성을 바쳤다고 설명하는군요.
피 묻은 두 손은 뒤로 숨긴 채

그러자 여러분들은 음흉하게 말에게 묻지요.
왜 그렇게 충성을 바쳤던 것이냐?
먹을 풀을 위해서! 라고 하는군요.
그가 왜 충성을 바쳤는지는 문제가 아니죠.
부유한 사람만이 안락하게 사는 법.

3

나에게도 짧은 그 짧은 옷깃을 달고
그대들의 돈을 탕진해 버린 키 큰 샤흐트.
그 은행가에게 많은 상을 퍼부었는데
그 파산자 아직 사형대에 매달리지 않았네요.
그 남자가 민주당원이었던 것!
오늘에야 몰락한 샤흐트에게 물어 보지요
왜 속임수에 참여했느냐고
명예심이 부추겼던 것이라네요.
그가 왜 공모했는지는 문제가 아니죠.
부유한 사람만이 안락하게 사는 법.

4

다른 사람들이 심한 멸시를 퍼붓던 현악기 연주자.
채찍의 선수이자 유태인 혹사자로서

(아리안의 자손에게는 약하다죠)

다른 이들이 언제나 했던 것만을 호소하였죠.

최고로 멍청이인 탓에. 이제, 주목해 볼까요.

그는 은행가도, 백작도 아니군요.

단순하고, 용감하게 신조에 따라 행했던 것이죠 —

물론 신조가 그를 가난하게 만들지는 않았군요.

그의 심오한 믿음이 그렇게 문제되는 것은 아니죠.

부유한 사람만이 안락하게 사는 법.

5

그리고 우크라이나의 방화자, 라 카이텔

상등병의 군화를 난폭하게 혀로 핥던 자.

상등병이 그에게서 군사력의 궁핍을 일깨웠던 탓 —

탱크 전문가이자 코냑 전문가인 그에게

무엇이 충동질했느냐고 물으면, 의무!였다고 하죠.

의무감이 모두를 피 흘리게 했던 것이라네요.

진실로 영지를 위해서만은 아니었다고!

취하면 그만, 아무도 말을 않는군요.

내 것이라고, 취하면 그만. 누가, 누구 것이냐고 묻겠어요?

부유한 사람만이 안락하게 사는 법.

6

그들 모두 위대한 웅지를 지녔고
가장 높은 망루에 대해서만 말하죠.
아무도 식단을 언급하진 않아
밤마다 악령들과 싸우면서도
실제로는 모두 로엔그린이었고
파르시팔의 특성을 가졌던 것.
문제는 레닌그라드가 아니라, 성지였고
망한 것은 베를린이 아니라, 발할라뿐이었던 것.
그들에게 편안함은 개인 문제일 따름.
부유한 사람만이 안락하게 사는 법.

〈매키스가 용서를 구하는 발라드〉

잘 살아가는 형제들이여
우리에게 그대들의 가슴을 닫지 마오.
사형대에 오를 때 비웃지도 마오.
수염 속에 가려진 음흉한 웃음일랑
우리가 파멸하는 곳에서 파멸하지 않는 분들이여
법정처럼 우릴 분노케 하지 마오.

우리 모두는 정의의 사신이 아니라오 —
인간들이여 모든 경솔함을 떨쳐 버리시오.
인간들이여, 우리를 교훈으로 삼으시오.
그리고 우리를 용서해 달라고 신께 빌어주오.

비가 우리를 씻어 주고, 깨끗하게 해주는군요.
우리가 잘 보양한 육체도 씻어주고
너무 많이 보았고, 지나치게 욕망하였어요.
까마귀가 우리 눈을 공격하는군요.
우리는 정말로 너무 높이 올라왔어요.
이제 우리는 여기에 매달립니다. 오만을 부려서인 듯
탐욕스런 새 떼가 갈기갈기 쪼고
길가에 놓여 있는 말똥에 지나지 않아.
아, 형제들이여, 우리를 경고로 삼으소서.
친절을 베풀어 우리를 용서해 달라고 간구하오.

가택 침입을 감행하는 사내들
머물 곳이 없기 때문이라오.
중상모략가이자, 후안무치한 자
격하게 울지 말고 차라리 욕을 하렴.
빵 덩이를 훔치는 여인네들

그대들의 어머니일 수도 있지.
다만 강인함이 부족할 따름 —
그녀들도 용서해 주길 간청하오.

좀도둑들에겐 더 많은 관용을
대도들에겐 조금만 관용을 베푸시오.
대도들이 그대들을 전쟁과 치욕으로 내몰고
피 묻은 돌 위에 눕혔으며
살인과 강탈로 내몰았던 것.
이제 "용서해요!"라고 간구하네요.
주둥이를 막아 버리시오. 그대들의
아름다운 도시에 남아 있는 티끌을 들고!
그들이 망각에 대하여
용서에 대하여 말하는군요 —
그들 모두의 주둥이를
무거운 쇠망치로 쳐 버리시오.

〈폐막 송가〉

너무도 성급히 불의를 지나치게 억누르진 마세요.

저절로 얼어 버려요. 너무 춥기 때문이죠.

어둠과 큰 추위를 염두에 두세요.

비명이 울려 퍼지는 이 골짜기

이제 큰 도둑과 싸우세요.

그들을 모조리, 빨리 무너뜨려 버리세요.

암흑과 추위는 그들의 탓

이 골짜기에 비명이 울리도록 하는 것도 그들이죠.

◆ 몇 장면의 신판본 1948~1949

장면 1

(22쪽 1줄~31쪽 5줄)

필치	……우리 같은 것들이야 — 어떻게 이런 생각을 하겠어요. 교육받은 게 없다 보니, 어떻게 그런 것을 고안해 내기나 하겠어요?
피첨	자네 이름은?
필치	피첨 선생님, 당신은 자비를 잃어버린 우리 시대의 이름 없는 제물을 눈앞에 두고 계십니다. 저는 어떤 다른 사람에게 속하기도 전, 민감한 청년기에 청

년 도적 무리의 영향을 받게 되었습니다. 흉악한 노파의 면전에서 명령에 따라 42번의 가택침입 보조를 수행하였고, 그 대가로 가차 없이 감옥살이를 했습니다. 하지만 제가 제대로 참회를 하였고, 형무소 목사 면전에서 서너 번 짧게 흐느껴 울었던 까닭에 방면되었지요. 그렇지만 더 이상 이전의 직업을 수행할 수 없어서, 경찰관 자리를 얻을 때까지 관대한 자선에 의탁하고 있습니다. 저를 그렇게 보신다면…….

피첨   내가 자네를 그렇게 본다.

필치   후회로 갈기갈기 찢기고, 빈털터리이며, 제 충동의 불행한 노획물…….

피첨   어떤 구역에서 그런 유치한 시를 읊고 있는 겐가?

필치   왜 그러시죠, 피첨 선생님?

피첨   공개적으로 그 강연을 하고 있을 테지?

필치   그렇습니다만, 피첨 선생님. 어제 하이랜드 가에서 소소하게 불미스런 우발사건이 있었습니다. 저는 가만 서서 불행한 모습을 하고 구석에 서 있었지요. 손에 모자를 들고, 불길한 일은 예감하지 못한 채로…….

피첨   (메모지를 넘긴다.) 하이랜드 가. 그래, 그래, 맞아. 어제 호니와 샘이 붙잡은 그 개자식이 너로구나. 10구역에서 통행인들을 괴롭힌 뻔뻔한 놈이라지. 세상을 잘 모르는 놈이라고 가정했기에 몰매로 그친 줄 알게. 다시 한 번 눈에 띄면 톱이 사용된다는 사실, 알고 있겠지?

필치   용서하십시오, 피첨 선생님. 제발. 어떻게 해야 하는 거죠, 피첨 선생님? 그 신사 분들께서 저를 진탕 때린 후에 당신의 회사 명함을 건네주더군요. 제가 윗옷을 벗으면, 두들겨 놓은 대구 한 마리가 눈앞에 있다는 생각이 드실 것입니다.

피첨   이보게 친구, 넙치처럼 되지 않았다면 내 직원들이 태만한 탓이네. 이 풋내기 보게. 앞발만 내밀어 손에 물도 안 적시고 스테이크를 가져가겠다고 하는 식이군. 누군가 자네 연못에서 가장 좋은 송어를 낚아 가겠다고 하면 어떻게 하겠나?

필치   피첨 선생님 — 저는 연못이 없는 걸요.

피첨   면허는 전문가들에게만 내주는 것이네. (장사꾼답게 시 지도를 가리킨다.) 런던은 열네 구역으로 나뉘어 있지. 이 중 한 구역에서 걸인 영업을 할 생각이 있는 사람은 조나단 제레미아 피첨 회사의 면허가 필요하다네. 면허 없이는 관객에게 결코 허풍을 떨 수

없는 것일세. 진실한 허풍이든, 거짓 허풍이든 간
에. 진실한 허풍은 면허로서만 가능하고, 가짜 허
풍도 마찬가지로 면허가 있어야지. 누구나 올 수는
있고, 면허 없이 자신의 거짓을 설명할 수야 있지
— 욕망의 노획자라도 말일세.

필치	피첨 선생님, 완전히 파멸되기 직전입니다. 뭔가 시작해야겠습니다. 달랑 2실링을 가지고서야……
피첨	20실링이 드네.
필치	피첨 선생님! (애걸하며 한 플래카드를 가리킨다. 거기에는 "너희의 귀를 궁핍한 자에게 열어 두어라"라고 쓰여 있다.)
피첨	(진열장 앞 커튼을 가리킨다. 거기에는 "주어라, 그러면 받게 될 것이다"라고 쓰여 있다.)
필치	10실링으로 해 주시죠.
피첨	그렇다면 주말 정산할 때 50%를 내도록 하게. 장비를 포함하여 70%를 내야 하네.
필치	알겠습니다. 대체 장비는 어떻게 되어 있습니까?
피첨	그것은 회사가 결정하는 것일세.
필치	어떤 구역에서 시작할 수 있을까요?
피첨	베이커 가 2-104번일세. 거기가 더 싸기 때문이네. 장비를 포함하여 50%만 내면 되네.
필치	좋습니다. (그가 돈을 낸다.)

피첨   자네 이름은?

필치   찰스 필치입니다.

피첨   됐네. (소리친다.) 부인! (그의 부인이 온다.) 필치라고 하
오. 314번이고. 베이커 가 구역이요. 내가 직접 기
입하지. 물론 대관식을 앞둔 지금 고용되고 싶다 이
거겠지. 일생에서 사소한 것이라도 건질 수 있는 유
일한 시기지. 장비 C. 비인간적 형 집행의 희생자
지. (피첨 부인이 고리에서 양복을 가져온다.) 이전과는 아
주 다르게 요즘 관객은 더 이상 참회를 요구하지 않
는다네. 성격을 요구한다는 사실을 회사는 확인하
였네. 남자는 표정과 행위가 어울려야 하고, 그것
으로 자신의 신뢰성을 표현해야 하는 것이지. C유
형에 대한 규정을 외워야 할 것이네. 그 규정은 주
로 상인과 고급 관리를 염두에 두어야 한다는 것을
알 수 있을 것이네. 고급 관리들은 직원들의 성격을
평가할 줄 알고, 어떤 종류의 명령이든 엄격히 수행
하기를 요구하기 때문이네. 셀리아, 당신 또 마셨
구먼! 이제 눈 뜨고 볼 수도 없어. 136번이 제복에
대해 불평을 해왔소. 신사는 더러운 옷을 몸에 걸치
지 않는다는 말을 몇 번이나 거듭해야겠소. 136번
은 새 의상 값을 이미 지불하였소. 동정심을 자극할

수 있는 단 하나의 얼룩은 스테아린 양초 왁스를 다리미로 스며들게 하여 집어넣을 수 있다고 했소, 안 했소. 대체 생각을 않는다니까! 나 혼자 모두 해야 하는 것이오.

필치 (장비 C의 양복을 보면서) 더 너덜너덜한 본래 제 양복이 낫지 않을까요. 피첨 선생님?

피첨 그 양복이 상당히 닳긴 했네만 깨끗하게 다림질 되어야 하네. 그래야 입는 자가 자신의 체면에 신경을 쓴다는 것을 보일 수 있기 때문이지.

피첨 부인 이제 좀 서둘러, 이 피라미야. 네놈 바지를 크리스마스 때까지 들고 있어야겠냐.

필치 (갑자기 격분한 채) 그런데 제 장화는 못 벗겠어요! 절대 안 돼요. 차라리 포기하고 말지요. 이것은 제 가난한 어머니의 유일한 선물이거든요. 절대로, 절대 안 되겠어요. 제가 이 정도로 타락해 버리긴 했지만……

피첨 부인 쓸데없는 소리 그만 해, 발이 지저분해서지.

필치 어디서 발을 씻겠어요? 이 한겨울에! (피첨 부인이 그를 칸막이 뒤로 데려간다. 왼쪽에 앉아 상의를 양초 밀랍으로 다림질한다.)

피첨 당신 딸 어디 있는 게요?

피첨 부인 폴리요? 위에 있죠!

피첨 그놈 어제도 여기 다녀간 것이오? 내가 없으면 늘 오는 그놈 말이오.

피첨 부인 그렇게 의심하지 마세요. 조나단. 더 부드러운 신사는 못 봤어요. 대위님은 우리 폴리에겐 과분하죠.

피첨 그래.

피첨 부인 제 판단력에 자신이 없긴 하지만 폴리가 그를 아주 좋게 보고 있는 것은 확실해요.

피첨 셀리아, 당신 딸을 탕진하겠다는 것이오. 내가 백만장자라도 되는 줄 아나 보구려. 결혼이라도 시키려는 거요? 그 쓰레기 같은 첩보원이 우리의 발목이라도 잡으면 이 너저분한 가게가 일주일이라도 견디리라 생각하는 것이오? 신랑! 그놈은 우리를 곧 손아귀에 넣고 말걸! 우리를 그렇게 한단 말이요! 당신 딸이 잠자리에서 당신보다 주둥이를 덜 놀릴 것으로 생각하는 것이오?

피첨 부인 당신 딸에 대해 멋진 생각을 하고 있군요!

피첨 가장 나쁜 생각이지. 아주 나쁜 생각. 관능 덩어리 그 이상도 이하도 아니지.

피첨 부인 어쨌든 그것을 당신한테 물려받진 않았어요.

피첨	결혼! 안 될 말씀. 배고픈 자들에게 **빵**이 중요한 것처럼 내 딸은 나에게 그런 것이어야 하오. (뭔가 찾으려고 페이지를 넘긴다.) 그 말이 성경 어딘가에 쓰여 있을 텐데. 원래 결혼이라는 것은 못 할 짓이지. 결혼 생각을 아예 없애야 한다니까.
피첨 부인	조나단, 당신 아주 몰상식하군요.
피첨	몰상식! 그놈은 어떤데, 그분은?
피첨 부인	사람들은 그를 항상 '대위'라고 하지요.
피첨	그래, 한 번도 그놈 이름은 물어보지 않았단 말이군? 재밌구려!
피첨 부인	얼마나 고상한데요. 우리 둘을 오징어 호텔로 초대하여 스텝을 조금 밟기도 했는데 그의 출생증명서나 묻는 졸렬한 행동을 한단 말이오.
피첨	어디라고?
피첨 부인	스텝을 조금 밟은 오징어 호텔이라고요.
피첨	대위라고 했지? 오징어 호텔? 저런, 저런, 저런…….
피첨 부인	그 신사는 내 딸과 나를 언제나 윤이 나는 고급 장갑을 끼고 붙잡았어요.
피첨	고급 장갑!
피첨 부인	그 사람은 언제나 장갑을 끼고 있던데요. 더구나 흰

색, 흰색 고급 장갑을요.

피첨   그럴 것이오. 흰색 손 장갑에다 상아 손잡이를 한
        지팡이, 신발에는 각반을 하고, 에나멜 가죽구두를
        신고, 억제하는 제스처를 취하고, 흉터를 갖고 말
        이지…….

피첨 부인 목에요. 어떻게 알았어요?

피첨   그럼 이제 장갑을 낀 그 신사가 누구인지 말해주지
        — 매키 매서란 말이요!

장면 2
(60쪽 19줄)

브라운   이제 그것은 다 끝냈네, 뭐 더 있는가?

맥   그럼, 재키, 역겹기만 한 공무원 증원에 조치를 좀
        취해야겠네. 점차 사업 관리가 불가능해질 지경이
        네. 내가 얼마나 원칙적인지 알 것이네. 그런데 원
        칙에 따르기에는 너무 과다하네. 2명의 초보적인
        살해자를 사들이려면, 전 주에 17개의 질문지를 채
        워 내야 하는 실정이란 말일세. 할머니 이름, 협회
        소속, 언어 능력. 이런 것이 가택침입을 위한 살인

자와 무슨 관련이 있단 말인가. 그것을 내가 맨손으로 해야겠는가? 계속 그렇다면 앞으로는 불법으로 사게 될 것이네.

브라운 하지만 공무원 체제를 감원시킬 수는 없다네! 왜냐고, 그놈들이 너무 저질이기 때문이지. 결과적으로 범죄자 한 명당 3명의 공무원이 필요하다네. 그렇지만 뭔가를 시도해 보겠네. 공무원 감원 이외에는 전혀 신경을 쓰지 않는 새로운 부처를 신청해 볼 것이네. 최초 인원으로 2~300명의 공무원 인가가 난다면 그 부처를 열 수 있을 것일세. 맥, 잘 자게나!

장면 3
(68쪽 12줄~70쪽 14줄)

백발이 성성한 몰락한 개인이 등장한다.

개인 피첨 선생님 되시나요? 피첨 선생님. 저는 기자입니다.

피첨 내 가게에서 나가 주시겠소.

개인 죄송합니다. 제가 과거에 기자였다고 말씀드려야

했습니다. 제가 듣기로, 당신은 거리 구걸뿐만 아니라 은밀한 가정구걸도 조직한다고 하던데요? 저는 벨기에 출신이지요. 5년 전 저는 벨기에령 콩고에서 11개 마을의 전체 주민을 희생시킨 무자비한 살육을 적발했습니다. 그 살육은 준장 블랑제위의 명령 하에 수행되었지요. 저의 폭로를 근거로 그에 대한 의회의 조사가 발동되어야 했죠. 그는 권총 자살을 하고 말았습니다. 그 사건이 있은 후 저는 벨기에의 신문에 더 이상 자리를 얻을 수 없었습니다. 그자가 2천 3백명에 대한 책임을 지고 있었음에도 말이지요. 저는 여기 런던으로 망명했습니다. 그런데 일자리를 얻을 수가 없군요. 여기에서도 저는 추방의 제물이 되어 있습니다.

피첨   반국가적 행위에 대한 추방이 국제적이라는 사실을 모르고 있소?

개인   지금에야 그것을 알게 되었습니다. 그래서 당신에게 여쭙는 것입니다. 적어도 영국 언론계에 어떻게 용서를 구할 수 있는지 말씀해 주실 수 있는지요. 물론 수수료를 내겠습니다.

피첨   절대 못하오.

개인   (거의 의식을 잃을 지경이다.) 물론 저는 그러한 사건이 있은 후 더 이상 지도적이거나 독립적인 자리를 바라지는 않습니다. 신문 배달자의 자리라도 기쁘게 만족할 것입니다. 저는 제 생업을 좋아합니다. 인쇄용 검정 잉크의 냄새…….

피첨 유치하게 굴지 마시오. 당신은 언론의 자유를 오용한 것이오. 문명 세계의 그 누구라도 그런 사람에게 한 묶음의 신문조차도 맡기지 않소. 당신이 그걸 슬쩍하지 않을지 어떻게 안단 말이요? 불운한 장군에게 유족은 있다 하던가요?

개인 없습니다. 이것이 제 조국의 공관입니다만.

피첨 당신 아직 기사의 인쇄물은 가지고 있는 것이요?

개인 여기 있습니다. (그가 피첨에게 인쇄물을 건넨다.) 사심 없는 진실 그 자체이지요.

피첨 그러길 바라오. 그렇지 않다면 도와줄 수 없소.

개인 저를 도와주시려는 군요. 어떻게 감사를 드려야 할지 모르겠습니다.

피첨 내가 말해 주리다. 봉급의 60%를 내시오.

개인 봉급이라니요?

피첨 당신은 구걸로 품격을 손상시키지 않고, 감사기관의 자리를 요구하게 될 것이오. 즉시 콩고와 무역관계를 갖고 있는 수입 회사의 목록을 만들도록 하시오. 그 회사들을 방문하여 은밀하게 암시를 주는 것이요. 당신은 사람들이 죽었다고 생각하고 있는 준장 블랑제위가 되는 것이오. 국가를 위한 그의 공로의 증거로 당신은 이 기사를 제시하면 되는 것이고.

개인 그렇지만……

피첨 뭐가 그렇지만? 어디서나 멸시를 받고도 아직 배운 게 없단 말이요? 콩고에 무역관계를 갖고 있는 회사가 민족의식이 있다면 블랑제위 장군과 같은 사람에게 동정심을 갖지 않을 리 없소. 모든 고상한 관점은 차치하고라도 희생자는 언제나 공격자보다 더 동정심을 유발하기 마련이오. 당신은 블랑제위요. 다 됐소.

개인 다 됐다고요.

피첨 저녁 정각 6시에 다시 오면, 어느 정도 예의바른 태도에 대해 알려 드리리다. 지금 그대로라면 아무도 당신을 장군이라고 보지 않을 테니. 룸펜으로나 보면 모를까. 잘 가시오.

개인이 마치 꿈인 양 멀어져 간다.

작품 해설

극작가 브레히트와 《서푼짜리 오페라》

김화임(성균관대 인문과학 연구소 연구원)

1

영국에 셰익스피어가 있다면 독일에는 베르톨트 브레히트 (1898-1956)가 있을 정도로 브레히트는 세계적으로 인정받은 극작가이며, 그의 작품들은 현재까지 지속적으로 공연되고 있다. 그는 극작가로서뿐만 아니라 아리스토텔레스의 비극론을 극복한 연극 이론가로서도 잘 알려져 있다. 그의 서사극과 생소화 이론은 연극 이론의 주도적인 위치를 차지하고 있고, 오늘날의 연극 발전에도 지대한 영향을 미쳤다.

2

《서푼짜리 오페라》는 독일 바이마르 공화국 시기인 1928년 8월 31일 쉬프바우어담 베를린 극장에서 초연되었다. 초연 후 1년 동안 총 4,200회가 공연되었고, 1933년까지 18개 국어로 번역되어 유럽에서만 1만 회 이상 공연되었다. 브레히트는 이 작품으로 일약 세계적인 극작가로 발돋움하였다. 브레히트 사

전에는 이 작품이 세계에서 가장 많이 공연되었다고 기록되어
있다.

이 작품은 1728년 런던에서 공연되었던 존 게이의 〈거지 오
페라〉를 토대로 하고 있다. 그런데 1920년대 이 작품이 재발견
되어 런던을 비롯하여 영국의 여러 도시들에서 선풍적인 인기
를 누렸다. 이 사실을 신문보도에서 접한 브레히트의 비서 엘
리자베스 하우푸트만이 이 작품의 텍스트를 구해 1927년 초
반 초벌 번역을 마쳤다. 그런데 에른스트 요셉 아우프리히트
가 쉬프바우어담 베를린 극장장이 되면서 갑작스럽게 공연이
확정되었다. 이에 브레히트는 쿠르트 바일과 함께 숙박을 하
며 개작 작업에 돌입하였다. 그 첫 판이 1928년 6월 초 《뚜쟁
이 오페라》라는 이름으로 출간되었다. 같은 해 8월 초 시연 공
연을 하면서 다시 개작이 이루어졌고, 《서푼짜리 오페라》라는
제목으로 확정되었다. 리온 포이히트방거의 제안에 따른 것이
었다.

3

존 게이는 그의 친구이기도 하였던 조나단 스위프트, 알렉
산더 포프와 함께 18세기 영국의 가장 유명한 풍자가이자 도덕
주의자로 알려져 있다. 존 게이의 작품 배경이 되는 당시 영국
의 상황은 다음과 같았다. 1721년부터 로버트 월폴 수상 하의

휘그당이 의회를 장악하고 있었는데, 이 당시 정치적 간계와 부패, 뇌물과 투표권 매수 등 정치적 타락이 극에 달하였다. 존 게이는 당시 만연해 있던 도덕적 타락을 주요 인물들인 장물아비 피첨, 형무소소장 로키트, 노상강도 매키스를 통해 보여주었다. 이 인물들은 수상 월폴을 비롯하여 당시 잘 알려져 있었던 몇몇 상류계층들을 대변해주었다.

당시의 현실 정치에 대한 작가의 공격적 태도는 상류계층의 전유물이었던 오페라에 대한 공격으로도 표출되었다. 그는 오페라라는 이름을 빌면서 당시 오페라 음악과는 전혀 거리가 멀었던 발라드, 장타령, 거리 유행가를 사용하였던 것이다.

브레히트가 이 작품을 접하고, 나름대로의 시각에서 새롭게 개작하게 된 때는 히틀러가 집권하기 바로 전 시대인 바이마르 공화국 시기이다. 이 무렵 독일은 정치적으로나 사회적으로 갈등이 심하였다. 1차 세계대전의 패배로 인한 경제적 압박이 심하였던 데다 러시아 혁명의 여파가 강하게 미치고 있었다. 마르크스주의에 경도된 지식인들도 많았다. 잘 알려져 있다시피 브레히트도 그 중의 한 사람이었다.

존 게이 작품의 개작에서도 그의 정치적 의식이 뚜렷하게 반영된다. 브레히트는 사건 배경을 빅토리아 왕조(1837~1901) 시기인 19세기 중반 이후에 두고 있다. 이 무렵 영국은 이미 20세기 초 독일과 비견될 정도로 자본주의가 발달되어 있었다. 존 게이의 작품이 당대 정치가들의 도덕성 문제를 꼬집는 데 역점을 두고 있었다면 브레히트는 여기에서 더 나아가 자본주의 체제 자체의 문제를 드러내고자 하였다. 따라서 존 게이 작품에서의 매키스—폴리—루시의 삼각관계는 눈에 띄게 축소되고, 대신 강도단 장면과 피첨의 사업 부분이 확대된다. 각각의 인물들도 풍자적 성격 그 이상을 갖게 된다. 즉 피첨은 보잘것 없는 장물아비에서 무자비한 상인이자 거지 왕이 되고, 교도소장 로키트는 경시청장 브라운이 된다. 또한 게이 작품에서는 피첨과 로키트가 손을 잡고 노상강도에 대척적인 위치에 있는 반면, 브레히트 작품에서는 경시청장과 노상강도가 사업파트너로 등장한다. 이를 통해 자본주의의 착취 방식 및 도덕성 문제가 구조적인 형태로 드러난다.

등장인물들은 독자적인 개성을 드러내는 데 있지 않고, 사회적 유형을 대표한다. 가령 피첨은 아버지라는 개인의 형상과는 아무런 관련이 없다. 그는 거지들의 왕이자 사업가로서 딸마저도 자본가의 '눈'으로 판단하고, 바라본다. 매키스와의 결혼을 반대하는 우선적인 이유도 그가 도둑이라는 데 있는 것이 아니라, 자신의 사업에 위협이 되는 인물이라는 데 있다. 보통의 아버지들과는 달리 딸의 결혼 그 자체도 용납하지 못한다. 딸은 단지 자신의 노후대책에 지나지 않기 때문이다. 자본주의 체제의 부도덕성은 도둑과 경관이 친구 사이라는 것을

통해 적나라하게 드러난다. 자본주의 사회에서 '법'이란 가진
자들의 편이라는 브레히트의 시각을 명료하게 밝혀주는 대목
이기도 하다.

　존 게이 작품에서의 3막 구조는 그대로 유지되나, 1막과 2
막 종결부에 오페라를 풍자하는 새로운 피날레가 덧붙여지고,
3막 마지막 부분에서는 헨델 오페라를 대대적으로 풍자한 트
라베스티(잘 알려진 시가의 형식을 풍자적으로 우스꽝스럽게 개작한 것)
가 첨가된다. 가요와 발라드를 통해 사건을 계속 중단시키는
발라드 오페라의 기본 성격 역시 유지되었다. 하지만 존 게이
작품에 실린 노래들은 더 이상 사용되지 않았다. '아침송가' 멜
로디를 제외하고 모두 새롭게 작곡된 것이다. 작곡을 담당하
였던 바일은 재즈 풍과 댄스 음악을 발라드 오페라의 양식원
칙으로 삼았다. 가사는 브레히트 시에서 가져온 것도 있고, 독
일어로 번역된 비용(François Villon)과 키플링(Rudyard Kipling)의
시를 참조하였다.

　《서푼짜리 오페라》의 인기는 노래도 큰 몫을 하였다. 1929
년 당시 몇 몇 노래들은 유행가가 되다시피 하였고, 카페에서
는 바일이 만든 멜로디가 자주 흘러나왔다. 특히 《매키 매서의
장타령》은 수없이 개작되어 여러 나라에서 불려졌다. 1928년
과 1933년 사이 대략 12개의 음반회사들이 일부 개작을 포함
한 음반을 출간하기도 하였다. 《서푼짜리 오페라》라는 영화로

도 만들어졌고, 곧 이어 《서푼짜리 소설》로도 출간되었다. 이런 점에서 브레히트와 바일의 마케팅 전략은 20세기 후반에 본격화된 문화산업에서의 매체 간의 결합을 이미 선취하였다는 평가를 받기도 한다.

4

《서푼짜리 오페라》를 제대로 이해하기 위해서는 '서사극'에 대한 선 지식이 요구된다. 이 작품은 서사극에 대한 실험 작품이라는 점을 명시해 놓고 있다. 간단히 말하여 '서사극'은 관객이 작품에 몰입하여 감정이입 하는 것을 차단시킨다. 대신 작품에 거리를 취하며 함께 생각하도록 유도한다. 사건을 둘러싼 '상황'에 대한 인식과 함께 그것을 어떻게 변화시킬 것인가를 문제 삼기 때문이다. 이를 위한 극적 수단으로는 각각의 장면에 대한 표제, 배우들이 사건 진행에서 물러나는 행위, 말을 하다 노래로 넘어가는 것 등을 들 수 있다.

배우들은 노래할 때와 대사를 할 때 성격이 일관적이지 않다. 가령 맥은 도적이라는 인물에서 벗어나 가진 자의 삶을 비판하는 〈안락한 삶에 관한 발라드〉를 노래하는가 하면, 이와 유사하게 사업가 피첨은 〈인간적 노력의 불충분함에 관한 노래〉를 한다. 다른 인물들 역시 이런 정황은 유사하다. 작가의 이러한 시도는 관객들로 하여금 인물들이나, 사건 진행에 이

끌려 이성적 판단 능력을 잃지 않게 하려는 데 있다. 브레히트에게 연극은 재미를 넘어서 교육적 기능을 담보해야 하기 때문이다. 그런데 사실 이 작품은 관객에 대한 교육적 기능을 넘어서 '재미'라는 측면에서도 모자라지 않는다. 더구나 이 작품은 우리의 냉혹한 현실을 들여다 보게 하는 일종의 '거울'이기도 하다.

작품 연보

1898년   2월 10일 독일 아우구스부르크에서 출생. 이곳에서
고등학교를 마침. 학창 시절에 문학에 관심있는 친
구들과 교류하며, 제1차 세계대전과 제국의 붕괴를
체험.

1917년   전시의 비상대입자격시험을 치르고 뮌헨대학 의학
부에 입학.

1921년   학교에 거의 나가지 않아 의대에서 제명됨. 베를린
에 있는 한 극장에 일자리를 얻고자 노력. 〈바알〉,
〈한밤의 북소리〉 집필.

1924년   거주지를 베를린으로 옮기고 '도이췌스 테아터'에
서 연극고문으로서 막스 라인하르트 밑에서 일함.

1927년   1915년~1926년에 쓴 시편들을 모은 《가정기도서》
발표. 브레히트는 새로운 표현기법인 '생소화효과
Verfremdungseffekt'를 연극무대 위에서 시도함.
마르크시즘 사상에 열중하고, 독일공산당(KDP)에
가입하지는 않았으나 노동자계급을 위해 투신.

1928년   위탁 작업으로 쓴 〈서푼짜리 오페라〉에 쿠르트 베
일의 음악이 붙여짐. 브레히트는 점차 작가이자 감

독으로 명성을 얻게 됨.

1930년   라이프치히에서 오페라 〈마하고니시의 흥망성 쇠〉
          가 공연됨. 친구들과의 공동 작업으로 교훈극 〈대
          양비행〉, 〈조처〉, 〈예외와 관습〉, 〈긍정자, 부정자〉,
          〈도살장의 성 요한나〉, 고리키의 원작을 개작한 〈어
          머니〉, 그리고 혁명적 무산 계습에 관한 영화 〈쿨레
          밤페, 또는 세상은 누구의 것인가〉 집필.

1933년   나치스가 정권을 장악하자 브레히트는 독일을 떠
          나 덴마크로 망명. 다른 이민자들과 함께 연극작
          업을 계속하는 한편, 여러 종류의 '이민자 잡지'를
          공동발간.

1937년   스페인 내란 발발 후 희곡작품 〈카라 부인의 무기〉
          가 나옴. 여러 편의 단막극들을 모아 〈제3제국의 공
          포와 참상〉을 펴냄.

1938년   〈놋쇠매매〉라는 표제로 몇 편의 중편들을 모은 〈갈
          릴레이의 생애〉를 완성.

1939년   제2차 세계대전 발발 이후 브레히트는 미국으로의
          이주를 준비. 중간 경유지로 스웨덴의 한 섬에 머물
          때 방송극 〈루쿨루스의 심문〉 발표. 이 해 말 〈억척
          어멈과 그 자식들〉 집필.

1940년   나치 군이 덴마크와 노르웨이로 진군해 들어오자

브레히트는 스웨덴을 떠나 헬싱키로 감. 〈사천의 선인〉과 〈푼틸라씨와 그의 하인〉 완성.

1941년 희극 〈아르투로 루이의 출세〉가 나옴. 희곡 〈억척어멈〉이 스위스에서 초연됨. 핀란드로 진격해 들어오는 나치 광신주의자들을 피해 브레히트는 시베리아와 마닐라를 거쳐 로스앤젤레스에 도착. 할리우드의 일부인 산타 모니카에서 그의 가족과 함께 정착. 그곳에서 독일 이민자 집단과 지속적으로 교류.

1943년 리온 포이히트방어와 함께 작업한 〈시모네 마카드의 역사〉가 나옴. 취리히에서는 〈사천의 선인〉, 〈갈릴레이〉가 초연됨.

1944년 〈코카서스의 백묵원〉 출간. 전쟁이 끝나기 전 독일 이민자들을 하나의 조직으로 통합하려는 시도는 마르크시즘에 경도된 지식인들과 시민적 지식인들 사이의 의견대립으로 실패.

1947년 전쟁이 끝난 후 브레히트는 독일로의 귀향을 준비. 그의 몇 편의 작품이 초연되었던 스위스에 잠시 머뭄.

1948년 브레히트와 그의 부인 헬레네 바이겔은 오스트리아 시민권을 신청(이들은 이것을 1950년에 획득). 브레히트는 양분된 독일 중 어느 쪽에서 살 것인가 망

설이다 마침내 그의 연극작업을 위해 최상의 조건
을 제시한 동독 행을 선택.

1949년   베를린에서 동독정부에 의해 대규모의 지원을 받는
극단 '베를린 앙상블'과의 작업이 시작됨.

1953년   브레히트는 서독과 동독의 PEN 센터의 회장이 됨.
문화 · 정치적 문제에서 브레히트는 동독 지도부
와 의견충돌. 그러나 동독에서 이 해 6월 16일과 17
일에 소요가 있자, 그는 독일통일사회당(SED)과의
연대를 선언하면서 소요의 책임을 서독측의 도발이
라고 해명하는 그들과 견해를 같이함.

1955년   소련에서 '스탈린 평화상'을 받음.

1956년   8월 14일 영면. 베를린의 도로테아 묘지에 묻힘.

옮긴이 소개

성균관대학교 독어독문학과 학사, 석사, 박사과정을 마쳤으며, 베를린 자유대
학에서 박사학위를 취득하였다. 현재 성균관대학교에서 강의를 하고 있으며,
동대학 인문과학 연구소 연구원으로 재직 중이다.
저서로는 《독일문학과 예술 (상)》(2003, 공저),《하이브리드 컬처》(2008, 공
저)가 있으며, 역서로는 《식인종들》(2004),《컬처 매니지먼트》(2003)가 있다.
논문으로는 〈체험합리화와 이벤트문화〉,〈문화경영의 대상영역에 관한 소
고〉,〈제2차 세계 대전 이후 독일의 '문화'개념과 문화정책〉,〈독일 공공극장
운영의 향방-경영과 마케팅의 도입〉,〈베를린 민중극장에서의 예술적, 세계관
적 논쟁〉 등이 있다.

서푼짜리 오페라

초판 1쇄 발행 | 2011년 11월 5일

지은이 | 베르톨트 브레히트   옮긴이 | 김화임
펴낸이 | 윤형두   펴낸곳 | 종합출판 범우(주)
교 정 | 변연경   디자인 | 김왕기
등록번호 | 제406-2004-000012호(2004년 1월 6일)
         (413-756) 경기도 파주시 교하읍 문발리 출판문화단지 525-2
대표전화 | 031-955-6900   팩 스 | 031-955-6905
홈페이지 | www.bumwoosa.co.kr   이메일 | bumwoosa@chol.com

ISBN 978-89-6365-060-9 03850

* 책값은 뒤표지에 있습니다.
* 잘못된 책은 바꾸어드립니다.

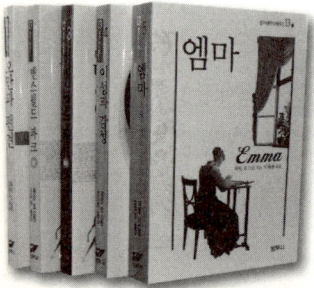

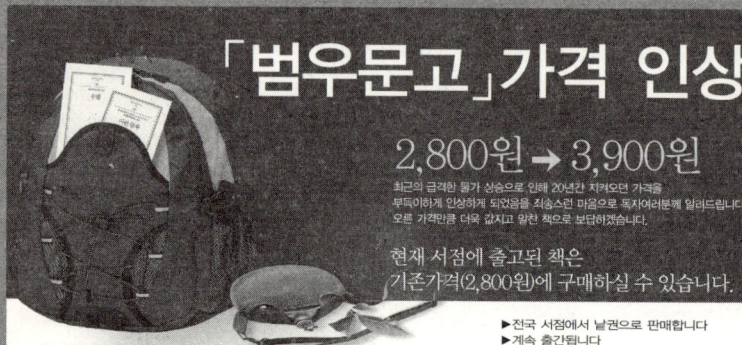

「범우문고」가격 인상

2,800원 → 3,900원

최근의 급격한 물가 상승으로 인해 20년간 지켜오던 가격을
부득이하게 인상하게 되었음을 죄송스런 마음으로 독자여러분께 알려드립니다.
오른 가격만큼 더욱 값지고 알찬 책으로 보답하겠습니다.

현재 서점에 출고된 책은
기존가격(2,800원)에 구매하실 수 있습니다.

▶ 전국 서점에서 낱권으로 판매합니다
▶ 계속 출판됩니다

* 범우문고가 받은 상

제1회 독서대상(1978), 한국출판문화상(1981), 국립중앙도서관 추천도서(1982), 출판협회 청소년도서(1985), 새마을문고용 선정도서(1985),
중고교생 독서권장도서(1985), 사랑의 책보내기 선정도서(1986), 문화공보부 추천도서(1989), 서울시립 남산도서관 권장도서(1990),
교보문고 선정 독서권장도서(1994), 한우리독서운동본부 권장도서(1996), 문화관광부 추천도서(1998), 문화관광부 책읽기운동 추천도서(2002)

www.bumwoosa.co.kr TEL 031)955-6900 범우사

범우고전선

시대를 초월해 인간성 구현의 모범으로 삼을 만한 책을 엄선

▶ 계속 펴냅니다

범우사 경기도 파주시 교하읍 문발리 525-2 출판문화정보산업단지 전화 031-955-6900~4
http://www.bumwoosa.co.kr 이메일：bumwoosa@chol.com